安達 瑶

悪徳探偵《ブラック》
ドッキリしたいの

実業之日本社

実業之日本社文庫

目次

第一話　バーチャルアイドル「ミキ18」……7
第二話　失言アイドル「ラムサール寧々《ねね》」……69
第三話　不動のセンター「連城《れんじょう》真央」……137
第四話　「生徒会執行部」、沖縄へ！……200
第五話　「ジェラール瀧谷《たきたに》」の代役騒動……276

悪徳探偵《ブラック》　ドッキリしたいの

第一話　バーチャルアイドル「ミキ18」

「いよいよワシら『ブラックフィールド探偵社』も危急存亡の秋《とき》やで！」

東京下町の民泊から始まって、ミステリー列車や豪華客船の運航、秋の高原のガイドなど、一連の旅行業を手がけたあと、古巣の秋葉原《あきはばら》に戻ってきたおれたちを前に、社長の黒田《くろだ》は宣言した。

「このままでは先がない。ジリ貧や。お前らの給料も出せんようになる」

おれ、飯倉良一《いいくらりょういち》に関しては元々、給料と言えるほどのものはもらっていないのだが、それは怖くて口に出せない。

「ここは全従業員が一致団結、事態の打開に当たらなければならん」

黒田のアジ演説を全従業員が神妙に聞いた。全従業員といってもおれを含めて黒田の愛人のあや子《こ》さん、実務一切を取り仕切るじゅん子《こ》さんの、合計三人しかいないのだが。

　ここ数ヵ月、もともとタダ同然だった給料すら出ていないので、探偵社が危機にあることはおれにも判《わか》っていた。

「本業を差し措《お》いて、儲《もう》けのためにいろいろやってきたわけやが、皮算用通りにはいかんかった。旅行関係ならワシには中国人の知り合いもおるし、インバウンドの観光客から美味《うま》い汁を吸える思うたんやが、あの人らは一枚上手やった。日本の土を踏んだ瞬間に中国人の白タクが空港まで迎えに来て、中国人が経営する民泊に直行や。土産物《みやげ》もデューティーフリーの薬局で調達しよる。ワシらの付け入るスキがない」

　黒田社長の、事実上の敗北宣言だ。

「しかし！　しかしや。この黒田がこのまま一家離散も同然に、仕事を畳んで夜逃げするワケがない。起死回生の新しいネタを摑《つか》んできたから安心せい！」

「またですか？」

　思わず言ってしまった。そもそもこれまで社長が持ってきた「新しい案件」にはロクなモノがない。だが社長は気にかける様子もない。

「今度こそは本物や。聞いて驚くな皆の衆」

　黒田はそこでわざとらしく言葉を切り、あや子さんが問いただす。

「もったいつけないでよ、クロちゃん。一体何をやる気なの？」

「なんと、芸能プロダクションや。エエ考えやろ？」

ガックリしたのはおれだけではない。あや子さんは「ええーウソ！」という表情で巨乳を震わせ、じゅん子さんは自慢の黒髪をかきあげて溜息《ためいき》をついた。黒田が焦ったように説明する。

「だからや。ネット社会になろうとも、キャッシュレス社会になろうとも、つまりどんだけ世の中が移り変わろうとも、可愛《かわい》いアイドルは必要やないか！」

「それはそうでしょうけど……これまでエンもユカリもなかった芸能界って……」

しっかり者のじゅん子さんは首を傾《かし》げた。

「なにかアテがあるんですか？」

「当たり前や。なんのアテもないのに、このワシが話をすると思うか？」

当然すると思う、とまたしてもおれは声に出しそうになった。

「まさか、あたしかじゅん子さんをアイドルとして売り出そうってンじゃないでしょうね？」

そんなの困っちゃうと口を尖《とが》らせながら、セクシーなあや子さんはやる気満々だ。

「オマエやない。熟女に群がる連中は、今の差し障りのない表現で言えば『性的少数者』や。大きなマーケットを狙うのは無理や」

黒田は自分の愛人をバッサリ切って捨てた。

「では私、ですか？」

じゅん子さんが同じくまさか、という表情で自分を指差した。

「いや、それも違うな。じゅん子。あんたは才色兼備の素晴らしいお人や。しかし、あんたの魅力が判るのはごく少数の、特別な趣味を持つマニアだけや！」

そういう婉曲《えんきょく》表現は、かえって失敬だ。

案の定、じゅん子さんも明らかに気を悪くしている。

しかしデリカシーに欠ける黒田は、女性二人の表情に気づく様子もなく続けた。

「実はゆんべ、ガールズバーで呑《の》んでたら、隣に座った兄ちゃんと意気投合してな。話を聞いたらその兄ちゃん、なんとＩＴのエンジニアで、バーチャルなんちゃらを開発しとるそうで、しかしオタクの常として商才がゼロや。そこまで聞いては放っておけん。ちゅうことで、この黒田がひと肌脱ごうと」

だがウチの社長にだって商才があるとは思えない。あったら今ごろ何かで儲かって左ウチワのはずじゃないか！

「で、そのエンジニアさんと、社長の言う『起死回生の新しいネタ』に何の関係が？」

　じゅん子さんが冷静に訊《き》いた。事と次第によってはここを辞めるぞと言う迫力を感じさせる口調だ。

「せやからその兄ちゃんが開発しとるバーチャルなんとか……思い出したワ。バーチャルアイドルちゅうやっちゃ。おっつけ開発したオタク本人が来る。難しいことはそいつに訊いてんか」

　午前十時。時間通りに来訪者が現れた。

　オタクと言われなければごく普通の、賢そうな青年にしか見えない、銀縁メガネをかけた、秀才系のイケメンだ。

「天才ITエンジニアの室町《むろまち》くんや。最新の画期的な技術を研究しとるが、持ち前の完全主義が災いして、大手と組んでも必ず決裂してまうそうや」

「僕が開発をしたプロダクトはAIを応用した人工知能と、バーチャルリアリティを融合させたものです」

　室町が持参したノートパソコンを起動させると、画面上には見た目は人間さながらの、可愛らしいアニメ的な女の子が登場した。

「これが、僕が開発したバーチャルアイドルです。名前がないと不便なので、とりあえずチコちゃんと命名しました。人工知能で喋《しゃべ》ります。話しかけてください。人間のように対応します」

「本物のチコちゃんより美人だね」

おれは画面に向かって呟《つぶや》いた。

「ありがとう！」

チコちゃんは早速反応した。目が大きな、いわゆるアニメ顔の可愛いキャラだが、特に甲高くもない普通の声で話す。

「チコちゃん、明日の天気を教えて」

人工知能というと、Siriとかアレクサみたいなものしか連想できなかったので、とりあえず訊いてみた。

「東京地方の明日の天気は、晴れです」

「じゃあ、米津玄師《よねづけんし》の『Ｌｅｍｏｎ』をかけて」

「ちょっと待てや」

横から黒田が割り込んだ。

「このチコちゃんの能力を試すんやろ？　どうせやったら、そんな売れ筋をリクエストすな」

売れそうもない曲？　現代音楽の難しいヤツとか？

しかし黒田の意図は違っていた。

「ぴんからトリオの『女のみち』流してんか」

するとチコちゃんは「無料配信サービスに『女のみち』をリクエストしました」

と即座に応答し、次の瞬間、本当に、あのド演歌が流れてきた。

「ほお。なかなかやるやないけ」

感心した黒田は、「明治のカールが食べたい！」と言った。

「明治のカールをネットで一ケース、注文しました」

「一ケース！　食べきれないっすよ！　チコちゃん、今の注文、キャンセルして！」

おれは慌てて口を出した。

「明治のカールの注文をキャンセルしました」

「ふ～ん。ご主人様の命令を忠実に実行するんやな」

黒田は妙に感心した。

応答する声も昔のＳＦ映画みたいな無機的な合成音ではないし、チコちゃんみたいに甲高く変形させた声でもない。電話越しなら、本物の人間が喋っているとしか思えないレベルに達している。

と、その時、探偵社の事務所のドアが立て続けに激しくノックされた。

「おら黒田！　街角金融の五所川原《ごしょがわら》や！　今日こそ貸した金、耳を揃《そろ》えて払《はろ》て貰《もら》おか！」

続いてドア越しに馬鹿デカい声がする。

「……聞いての通り、借金取り。それも悪質なヤミ金や！」

黒田は首を竦《すく》めたが、何か思いついたのか、目を大きく見開いて、ぱんと手を打った。

「チコちゃん。借金取りを撃退して！」

途端に借金取りの五所川原がまた怒鳴った。

「おら黒田！　さっさとドア開けんかいワレ！」

「どちら様でしょうか？」

チコちゃんが冷静に訊いた。ドア外にも聞こえるように、スピーカーの音量は最大にしてある。

「どちら様？　何度も名乗っとるやないかい。街角金融の五所川原や！」

「五所川原様……ご用件は？」

「金返せと言うとるやろ。お前ら、ツ〇ボか！」

五所川原は差別用語を口走った。

「それは不適切な表現です。そういう口を利くのなら、コンプライアンス違反並びに恐喝の容疑で警察を呼びますよ」

「呼んでみんかい！　警察は民事不介入や。こっちは貸した金を約束通りに返して貰いに来ただけや！」

「お幾ら借りて、返済日はいつですか？」

「五百万貸して、返済日は二ヵ月前の三十日や。黒田は二ヵ月も返さへんのやで！　当初の約束どおり、元金の五百万と複利計算の利子と延滞金、〆《しめ》て一千万、耳を揃えて払《はろ》てもらおか」

「その利率は明らかに出資法違反です。しかもあなたは二ヵ月も、敢《あ》えて取り立てを行わず、利子と延滞金が膨れ上がるのに任せましたね？　違いますか？」

「そらまあ、いつ来てもここは留守やったさかいな」

「ということなら、あなたが取り立てを断念した時点で、契約は破綻しています。しかもいわゆるトイチ、利息制限法にも抵触する公序良俗に反する契約です。そのような契約は守る必要はないのでは？」

「アンタ何言うてるの？」

ドアの向こうの五所川原は驚いている。

「黒田が勝手に約束を破ったんやで？　人間、約束を守る義務があるやろが！」

「その通り。あなたにも約束を守らせる義務がありました。しかし黒田氏の所在を突き止める努力を怠った以上、あなたはその義務を放棄して、正当な履行の要求を放棄したとも言えます。であるならば、そちらの一方的な要求に従う必要はないと考えますが、どうですか？」

「なんやオマエは。妙な屁理屈《へりくつ》を垂れる女やな。エエから黒田を出せ。出さんとどないなるか判っとるやろな？　ワシのバックには関西の大きな組がついとるんやで？」

「その文言は明らかな脅迫にあたり暴対法、並びに暴力団排除条例に抵触します。これ以上不当な要求を続けるのなら、脅迫・強要・暴対法違反ならびに暴力団排除条例違反の容疑で告訴しますよ。それでもいいのですか？　あなたには刑法の定めに従い懲役五年以上十年以下、罰金二千万円が科せられる可能性が高いのですが、それでもこの脅迫を続けますか？」

「ああもうごちゃごちゃとうるさいわ！　黒田を出せ！」

「判りました。では警察に通報します」

チコちゃんはあくまで強気だ。

スピーカーからは電話の呼び出し音と、警察の応答が聞こえた。

「もしもし。警視庁万世橋《まんせいばし》警察署生活安全課です。どうしましたか？」

「はい。明らかに暴力団関係者、ないしは密接交際者と思われる男性が部屋のドアを叩《たた》き、大声で開けろと脅迫しています。助けてください！」

「すぐ行きます。住所を教えてください！」

待て待て、と慌てた声がドア外から聞こえた。

「けっ！　トンデモないアマやな！　これで済むと思うなよ！」

慌てて逃げていく足音が聞こえた。

「もしもし？　反社会的勢力らしい人物は立ち去りました。もう大丈夫です。お騒がせしてすみませんでした」

チコちゃんは電話を切った。

人工知能のチコちゃんは、一時的とはいえ、屁理屈だけで借金取りの撃退に成功したのだ！

「チコちゃん凄《すご》いっす！　法律に詳しいんですね」

思わずおれは絶賛したが、チコちゃんは淡々と答えた。

「あれは出任せです」

「ええっ?」

「懲役の年数も罰金の金額も恣意的なものです。どうせ相手も刑法の条文や量刑は知らないでしょうから、必ずしも正確な数字は必要ないだろうと判断しました」

「けど……もしあの五所川原が刑法の条文を知っていて突っ込んできたら?」

「その時はもちろんネットにアクセスして、刑法及び過去の判例を検索の上、正確な内容を告げましたよ」

「こらオモロイで!」

黒田は目を輝かせワクワクしている。

「バーチャルアイドルたら言うモンは、甘えたり拗《す》ねたりするアホみたいな反応しかせんもんやと思うとったけど、こんな屁理屈を言い立てて、相手に圧をかける芸当も出来るんか。見直したデ!」

ほたら善は急げや、と黒田は早速、借金申し込みの電話をかけるようチコちゃんに命じた。

「ねえクロちゃん……これからアイドルで売りだそうっていう人工知能に、借金申し込みみたいなヨゴレ仕事、させていいの?」

黒田のワルノリ具合をみかねたあや子さんがさすがに止めに入ったが、「エエねん、エエねん。趣味と実益や。オモロイやないか」と黒田が言い返しているウチにチコちゃんは電話をして、借金に成功してしまった。

「トイチ金融から三百万円の融資を受けました。口座に入金があるはずです」

「トイチ金融って、あの悪名高い、利息も物凄い……そんなところから借りてはいけません」

じゅん子さんが警告を発したが、黒田は意に介しない。

「大丈夫や。取り立てが来たら、またこのチコちゃんに撃退してもろたらエエねん」

黒田はすでに、この人工知能に絶対的な信を置いているようだ。

「このコは賢いし、アドリブも効くし、会話も充分すぎるほど出来る事はよぉ判った」

黒田は開発者の室町に満面の笑みを向けた。

「アンタは偉い！　チコちゃんの中身は物凄いわ！　人工知能のレベルを超えとる。室町はん、アンタの頭脳はノーベル賞級や！」

黒田に絶賛されて、あまり褒められたことがないのか室町は戸惑っている。

「せやけど、とりあえずこのバーチャルアイドルを画面の外に出さな。画面の中にしかおらんのでは話にならん。実体がこの世にあってこそ商売になるんや」

「つまり、回転寿司《ずし》屋にいるペッパー君みたいなロボットとか？」

人間型のロボットというと、あれしか思い出せない。

だが室町がそれをキッパリと否定した。

「あれはダメです。だいたいがロボット然とした顔でしかないし、表情も変わらないし、どう工夫してもアイドルにはなり得ません」

あんなものが歌って踊ってもオタクが熱狂する対象にはならない、と室町は言い切った。

だったら、とおれは反論した。

「ほら、今、表情の変化とかを微妙に再現するアンドロイドがあるじゃないっすか？　あの中にチコちゃんを埋め込んだら？」

「あれがそばにいると、気味悪くないですか？」

室町はこれにも異議を唱えた。

「人間そっくりに見える分、生気がないから余計死人みたいに感じる。そんな死体が動いて喋ると気味が悪い。気持ち悪い。人間ソックリというのは気味が悪いものなんです。いわゆる『不気味の谷』です。そんなものがアイドルにはなれないでしょ」

じゃあ、どうするんだろう？　ペッパー君でもなく、人間ソックリのアンドロイドでもないとすると……。

「初音《はつね》ミクみたいなものにするんですか？」

「そうですね。ホログラムで空間に投影させるしかないでしょう。空間に虚像を投影するわけですから、触っても手応えはないし、実体もないけれど、いかにも存在するようには見えます」

「要するに、現代版のユーレイやな」

室町くんは、ビデオ・プロジェクターも持ってきていたので、この事務所の中にチコちゃんを出現させることが出来た。

「画面の中とは違って立体に見えるんですね！　これは凄い！」

空間に投影すると言っても映画を上映するのではなく、角度を変えればチコちゃんの横顔が見えるという立体投影で、おれは心の底から驚いてしまった。

「便宜上チコちゃんと呼んではいますが、例のフレーズは言いませんよ」

室町くんは、このチコちゃんに歌を歌わせたり踊らせたりした。

人間と等身大のアニメキャラが本物の人間に見紛《みまご》う存在感で、まるで本当に生きているかのように歌い踊る姿に、おれは素直に心を奪われた。それは黒田もじゅん子さんもあや子さんも同じようだ。

「そこでやな、室町くん」

黒田が注文を出した。

「このアニメ顔ではアカンと思う。これやったら初音ミクとか、すでにあるのと同じや。どうせやったら、人間ソックリに似せたヤツにした方がようないか？」

そう言われた室町くんはしばらく考え込んだ。

「……それもそうかもしれませんが……その場合は実物の人間をキャプチャーして、いろんな動きをコンピューターにトレースさせなければなりませんが、それはなんとか出来るとして……誰かモデルはいますか？」

黒田の目は少し徘徊《さまよ》ってから、あや子さんに止まった。

「ウチのあや子や。あや子をモデルにすればええ！」

その瞬間、我がブラックフィールド探偵社、こと芸能エージェンシーが世に問うバーチャルアイドルは、お色気路線で売り出される事に決定した。

「地下アイドルやら無名アイドルを下手《へた》に使うと、売れたときに権利関係がややこしゅうなる。じかしあや子やったら身内やし、権利関係で揉《も》める事もない。うちの事務所で儲けを総取りや。丸儲けや！」

あや子さん本人の意向はまったく確認しないまま、流れが決まってしまった。

「では、さっそく、あや子さんのキャプチャーを行います。男性陣はご遠慮くださ い」

室町さんの言葉に、黒田が反撥《はんぱつ》した。

「なんでや！」

「これからあや子さんの全身にセンサーを取り付けていろんな動きをして貰います。そのデータを元に、全身の動きを生成しますので……あや子さんには裸同然の格好になって貰わねば」

「あや子はワシの愛人や。全裸は見飽きるくらい見とる。後学のためにここに居させてもらうデ」

ということで、結局、おれだけがハブられてしまった。

仕方ないのでアキバで大盛りの生姜《しょうが》焼き定食を食べて徘徊《はいかい》すること二時間。

事務所に戻ると、椅子に座ったあや子さんは顔にセンサーを取り付けられて、百面相のようにいろんな表情を作らされていた。

「これは、ほら、こないだみんなで観《み》たホラー映画の、あの顔面針刺し男……ピン、ピン……ピンヘッド！　ピンヘッドそっくりじゃないすか！」

「やだ飯倉くん、ひどい！　なんてこと言うのよ」

さすがにあや子さんが怒りのあまり絶叫したが、室町さんは「そう！　その顔ですよ！　怒りの表情のサンプルが欲しかったんです！」と喜んでいる。

「これで必要なデータがだいたい揃いました。これを元にCGを作成しますので……一週間後くらいにはお披露目できるかと」

「よっしゃ！　アキバに特設ステージ作って、大々的にデビューさせたろかい！」

金もないのに、黒田は大きな事を言った。

＊

一週間後。

あや子さんをかなり若くしたバーチャルアイドル「ミキ18」が、秋葉原ＵＤＸのサボニウス広場の特設スクリーン上に突然現れて、道行く一般人やオタクたちの度肝を抜いた。

モデルになったあや子さんは元々セクシー系の美女でスタイルも抜群だ。それをいっそう若くしたのだから、まさにノックアウト級の迫力で、しかも露出が多い過激なコスチュームだ。黒のスポーツブラに、派手に光るラメの超ミニ、当然ヘソ出し。

限りなくリアルな造形なので、しばらく見つめていないとCGだと判らず、スタイル抜群の、人間離れした女の子が歌い踊っているとしか見えない。

歌は、アイドルに楽曲を提供している有名ソングライターがボツにしたものを安く譲り受けてきたのだが、どうしてボツになったのか理由が知りたいほど完成度は高い。

「ミキ18」の声は、あや子さんの地声のピッチを上げて、若く聞こえるようにしてある。

「やだ。あたしの十八の時まんまじゃん。見てて恥ずかしいよ」

続々と集まってくる群衆を見ながら、あや子さんは特設スクリーンに映し出された「ミキ18」の姿に戸惑っている。

「だけど、どうして名前が『ミキ18』なの？　あの漫才コンビみたいじゃん？」

あや子さんは文句を言いつつもうれしそうだ。

「黒田社長が大昔、小鹿《こじか》ミキっていう、元祖バラドルのファンだったんですって」

ＵＤＸビルに繋《つな》がるペデストリアンデッキの上から、おれたちと一緒に群衆を見下ろしているじゅん子さんが解説してくれた。

社長のカンは、当たることもある。

このアキバでの鮮烈デビューはネットで話題になりマスコミにも取り上げられて、イベントやテレビ番組への出演オファーが「ミキ18」には殺到した。

露出過多の過激な格好にプラスして、ＣＧのリアルさ、そして搭載された人工知能の、機械とは思えない受け答えがウケたのだ。

おれには難しいことはよく判らないが、スタジオでも、メッシュの半透明なスクリーンさえあれば投影できて、共演者が「ミキ18」のリアクションを見ながらやりとりが出来る仕様も好評らしい。従来のバーチャルアイドルは電子的に画面上で合成されていたから、共演者は誰も居ない空間に向かって話しかけるしかなく、それは実にやりにくいし、バカみたいだ、と不評だったのだ。

営業の現場には室町くんと社長、それにじゅん子さんとあや子さんも出向いてしまうので、「ブラックフィールド芸能エージェンシー」の電話番はおれ一人だ。今や複数ある電話が鳴りっぱなしで、メシを食う時間もトイレに行く時間もない。

倒産寸前までいっていた我が社だから、オファーがあるのはおれとしても有り難い。一件も逃したくないから、電話に貼り付いてしまう。

その結果、「ミキ18」をネットやテレビで観ない日はなくなった。必ずどこかのチャンネルに出ていて、お笑いタレントと、丁々発止のやりとりをする姿がウケまくっている。

お笑い芸人が「ミキ18」に突っ込む。

「あんた、ホンマは中にヒトが入っとるんやろ?」

「入ってないですよ。だいたいこんなペラペラのところにどうやって入るんですか!」

「いやいや、この喋りがホンマは人工知能やのうて、どこかでキム兄《にい》みたいなヤツが隠れて喋っとるんやろって」

「そんなヒト居ません! ウソだと思うのなら、ほら、あそこを見て。パソコンの前に座ってるあのヒト。私をつくって操作しているのはあの人だけど、何も喋ってないでしょ」

カメラがスタジオの隅に向き、パソコンに向かっている無口なオタクこと室町くんを映し出した。

「……喋ってまへんな」

ツッコミ役のお笑い芸人もしぶしぶ認めるしかない。

場数を踏めば踏むほど学習効果が表れ「ミキ18」の喋りは達者になる一方で、人気もうなぎ登り。こうなれば、後日振り込まれるであろうギャラが楽しみだ。

しかし……。

好事魔多し。

「ミキ18」に強硬な抗議が来てしまった。

大学教授やジャーナリストが結成した女性権利団体が、「ミキ18」のエロい格好に厳しい批判を加え始めたのだ。

「あんな半裸のコスチュームで、公共放送の教育番組にまで出る必要があるのでしょうか？　物事にはすべてTPOがあります。教育番組にああいう煽情的《せんじょうてき》で劣情を催すような衣裳《いしょう》は、明らかに不適切です。しかも、男に媚《こ》びを売るような半笑いの表情、そして不自然に腰をくねらせるポーズ。教育番組は未成年向けのコンテンツですよ？　そこに『ミキ18』のようなキャラが登場するのは、絶対に許せません！」

エラい先生方の主張によれば、要するに、「ミキ18」は、「女性は性的消費の対象」という「偏った価値観」を子供たちに刷り込む邪悪なキャラクターということのようだった。

「配慮が必要です！　こういうものは地上波のテレビの場合、深夜番組でしか認められません」

だが時すでに遅し。「ミキ18」は「最先端都市TOKYO」キャンペーンのキャラクターに選ばれて、新宿《しんじゅく》地下街の大きな広告ボードにデカデカと掲示されてしまったのだ。果たして、女性権利団体はさらにヒートアップした。

「ああいうモノを、誰もが目にする公共の場に登場させることは認められません！」

その主張そのものには黒田も納得した。

テレビで「ミキ18」を批判する女性大学教授のコメントを聞いて、社長は苦々しい表情ながらも頷《うなず》いた。

「まあ、ワシとしても、昼間っから女のヌード写真を突きつけられたらバツが悪う感じるもんな。あのセンセイが言うこともももっともや。時と場所に応じて衣裳は変えよか。室町センセイ、そういうの簡単にできるやろ？」

黒田は自分の専門外のこと、特にデジタル関係のあれこれについてはすべて簡単にできると信じ込んでいる。

「いや、決して簡単ではないのですが……やむを得ません。対処しますよ」

ということで、室町センセイは突貫工事で衣裳を地味なリクルートスーツみたいなものに変えて、露出をほとんどゼロにした。

それで女性権利団体も納得して「ご協力に感謝します」というお墨付も出してくれた。

だが。

今度は「ミキ18」の肌の露出が激減したことに抗議する意見がネットに増え始めた。

「たかがCGアイドルに何、目くじら立ててんだよ?」

「日本には表現の自由はないのか? 憲法違反じゃないのか?」

「オバハンは更年期障害だから、何でもかんでも文句をつけたいんだろ!」

「NHKが放映するフィギュアスケートの衣裳だってヘソ出しだし、オッパイだってかなり見えてるし、露出は多いじゃないか!」

「クールジャパンに水を差す、センスゼロの連中は死ね!」

などと玉石混淆《こんこう》な抗議がネットを埋め、またしてもおれしか居ない事務所のパソコンには抗議メールが殺到、電話も鳴りっぱなしだ。

どうしていいか判らないおれは、じゅん子さんに泣きついた。知恵者のじゅん子さんは、こういう時に頼りになる。

テレビ局から帰ってきたじゅん子さんは、すぐに対応策を考えてくれた。

「フィギュアスケートの衣裳にだってヘソ出しはある？　それはもっともな意見ね。とりあえず調べてみるわね」

と、ネットの検索を駆使して、「国際スケート連盟」の規約を調べあげてくれた。

「なるほどね。フィギュアスケートの大会では、ヘソ出しでも、シースルーの布で覆ってあれば『隠す意思あり』ということで問題ないんですって。つまり、一見、ヘソ出しに見えても、あのコスチュームはシースルーなの。だから、『ミキ18』の衣裳もシースルーに修正しましょう。こうすればみんな納得するはずよね？」

そういう騒動を経て、「ミキ18」の最初の衣裳には、ヘソ出しをわずかばかりの薄い布で覆っただけ、という改変が加えられた、つまりオリジナルとほとんど変わらない露出過多の衣裳に戻されることになった。

これでエロいと抗議が来ても「フィギュアスケートと同じ」と反論できるし、本来のお色気路線のファンも満足できて、誰もが幸せになる……はずだった。

だが……。

一難去ってまた一難。今度は「ミキ18」の原型を守りたいというのは建前に過ぎず、その本音は意見をハッキリ言う女が大嫌いな、要するに女叩《たた》きをしたいだけの連中が、「ミキ18は日和見《ひよりみ》」「表現の自由への弾圧に屈した」「フェミナチの傀儡《かいらい》」などと言い始めて、激しいバッシングを開始したのだ。

「なんでこうなるんや？　ワシには全然理解でけへん」

事務所宛に届いた大量の抗議ハガキやメールを目の当たりにして、何をやっても抗議され、ネットで叩かれて炎上するアリ地獄に落ちてしまったことを実感した黒田は頭を抱えた。

「なんちゅう面倒くさいヤツラや。ワシ、こういうのんが一番苦手やねん。飯倉、オマエ、なんとかせい！」

なんでも面倒な事はおれに振る黒田の悪癖が炸裂《さくれつ》した。

そう言われても、ネットの炎上は自然災害のようなものだ。おれにだってどうしようもない。

困ったなあ、と電話やメールによるクレーム対応に疲れ切ってしまったおれに、じゅん子さんがまたしても名案を出してくれた。

「ねえ、私たちの中で一番頭がいいのは誰？」

「それは、じゅん子さんでしょう?」

「そんなはずないでしょ。今、一番頭がいいのは、人工知能の『ミキ18』よ。だったら彼女に矢面に立ってもらえばいいんじゃないの? 私たちが無い知恵を絞ってアサッテな対応をするより、『ミキ18』自身に反応させた方が間違いないんじゃない?」

「そうでしょうか? 人工知能に、女叩き大好きな、アイツらの屈折した感情が理解出来るとは思えないんですけど……」

おれからすれば、「ミキ18」にナンクセをつけてくるのは、主義主張や特定の思想からではなく、ただ単純に誰かをやっつけて日頃の鬱憤を晴らしたい、もしくはマウンティングして見下したいという歪《ゆが》んだ劣等感の持ち主なのだ。「ミキ18」は、そういう連中の、格好の捌《は》け口にされているだけだ。

「このクレームは永遠に続きますよ。『ミキ18』がバーチャル空間に存在するかぎり」

だって、あいつらの目的はただひたすら、気に入らない対象を叩き続けることだけなのだから。

「永遠に? だったら尚更《なおさら》、ミキに対応させるべきよ。ミキは人工知能だからへこたれることなく戦うでしょう？　私たちはそれを眺めていればいいのよ」

おれはじゅん子さんの意見を室町センセイに伝え、相談してみた。

「なるほど。やってみる価値はあるでしょう。いや、こちらとしてはお茶の子さいさいなんですよ。ミキに搭載されている文章自動生成機能を使って、メールやツイッターに書き込ませればいいんです。それに、ミキはプログラムですから、もう一台パソコンを用意してネットに繋げておけば、ミキが勝手に自動で対処しますよ。それも、休みなく」

「そら、エエこっちゃ。ミキは機械やから、休みは必要ない。どんどんスケジュール入れて、休み無しで働かせるんや。ネットの対応も、二十四時間休み無しでやらせればエエ」

タダがなにより好きな黒田は、稼ぎ頭の「ミキ18」を休みなく稼働させられることが嬉《うれ》しくてたまらないようだ。

「なんやったらダブルブッキング・トリプルブッキングしてもええんやで。パソコンを増やして、ワシとじゅん子、あや子に室町センセイがそれぞれ持ち運んで、営業の現場に行くだけや。現場でスイッチを入れればエエだけやからな」

それはともかく現在の急務はネット上の、「ミキ18」に対する攻撃への対処だ。

コスチュームがちょっと大人しくなっただけで、「表現の自由への弾圧許さん！」と噴き上がる連中を黙らせなければ。

頼みの綱の室町センセイはパソコンに向かって何やらやっていたが、やがてニッコリして顔を上げた。

「プログラム完了しました。ではこれから『ミキ18』をネットに繋ぎます」

おれたちはモニターでその推移を見守った。

ツイッターに現れアカウントを取得したミキは、ただちに自分に浴びせられる暴言攻撃罵詈讒謗《ばりざんぼう》すべてに反応し始めた。

「お前らさぁなんだかんだ言っても、アタシをオカズにすることしか考えてないだろ？　だから半分ハダカの方がいいんだろ？」

当然、女叩きが大好きな男たちも激しい反撃を開始した。

「違う。おれたちは憲法で保障された表現の自由を問題にしてるんだ。あらゆるものに増して表現の自由は優先されるものだろ？」

「表現の自由自由ってうるせーんだよ！　なんだよそれは水戸黄門《みとこうもん》の印籠か？　お前らの底は割れてんだよ！　ようはてめえのズリネタが大事なだけだろ？」

「そのズリネタが調子に乗るな！　なんでオマエに人気が出たのか判ってるのか？

ほとんど裸なところがいいからウケただけだ。勘違いしてんじゃねえよ！」

「あーはいはい。そんなだからお前らはリアルな女性に縁がないんだよ。二次元女を俺の嫁とか言って、一生マスでもかいてな！」

ああ言えばこう言う、ナニを言われても負けずに言い返す。

「ミキ18」は、やり取りする連中の語彙と煽《あお》りと根性の悪さをすみやかに学習し、あっという間に驚異の毒舌アイドルになってしまった。

「信じられない……まさかこれほど早く、ここまでに成長するとは」

生みの親である室町センセイもびっくりである。

「やっぱりアレやな。ミキがまだ、生まれたてのホヤホヤの段階で、借金取りを追い返させたり借金を申し込ませたりしたんが良かったんや。鉄は熱いうちに打てっちゅうことや！」

黒田も意味不明の自画自賛をする。

ネット上で、女叩きの連中に際限なく言い返し、激怒させ続けている「ミキ18」の活躍を見るうちに、だが、おれは、段々心配になってきた。おれは室町センセイに訊いてみた。

「センセイ……おれ、少々ＳＦを読んだことがあるんすけど、アシモフってヒト、いますよね？」

「はいはい知ってますよ」

室町センセイは、おれが何を言い出すのか察知したみたいだ。

「『ロボット工学三原則』を作った人でしょう」

センセイは三原則を暗記していた。

第一条：ロボットは人間に危害を加えてはならない。また、その危険を看過することによって、人間に危害を及ぼしてはならない。

第二条：ロボットは人間にあたえられた命令に服従しなければならない。ただし、あたえられた命令が、第一条に反する場合は、この限りでない。

第三条：ロボットは、前掲第一条および第二条に反するおそれのないかぎり、自己をまもらなければならない。

「そうっす。その三つっす」

「ミキ18」のような人工知能のバーチャルアイドルに、この『ロボット工学三原則』が適用されるものかどうか、それをおれは訊きたかったのだ。室町センセイは答えた。

「適用しなきゃいけませんか？　だってミキは実体がないんですよ？　スクリーン

に投影される虚像ですよ？　武器を持って人間に危害なんか加えられませんよ？」

「それはそうっすけど……ネットの世界では人間もミキも同等ですよね？　テキストデータを介すれば、条件は同じっすよね？」

「それはまあ、そう言う見方も出来ますね」

「その場合、ミキのツイート、つかハッキリ言って暴言で、人間の側が心にキズを負う場合もあるんじゃないっすか？　ロボット工学三原則の、第一条に抵触してしまうのでは？　心にダメージを負って再起不能に陥る場合だってあるのでは？」

「では、飯倉くんは、ミキが負けるべきだと言うんですか？」

　そう言われると、困ってしまう。

　筋金入りの根性ワルな連中の、理不尽な攻撃やイチャモンに、ロボットだから人工知能だから負けなければならないというのも納得がいかない。

　気がつくと……おれたちの問答をじゅん子さんが見ていた。一見無表情だが、その口角がかすかに上がり、実は笑っていることが、付き合いの長いおれには判った。

　もしかして……。

「ミキ18」のこの切り返しの容赦のなさに、どこか既視感があると思っていたのだが……じゅん子さんの表情を見た瞬間、おれは「あっ」と思った。

「じゅん子さん。もしかして、なんですけど、じゅん子さんは、ミキにいろいろ教え込んでないっすか？　もしかしてバカ男を怒らせるあれこれを学習させたんじゃないかって……」

「さあ？　なんのことかしら？」

じゅん子さんは涼しげな笑顔を残すと、事務所から出て行ってしまった。

＊

舌戦の攻防において「ミキ18」は負け知らず、いや圧勝と言えた。本来勝ち負けがつくものではないのだが、「ミキ18」は人工知能なので傷つくことがない。心が折れることもない。かてて加えて人間ではないので睡眠も食事も必要とせず、書き込みが途絶えることがない。相手の沈黙を以《もっ》て勝利とするのなら、勝率一〇〇パーセントだ。この分なら今後も大丈夫、と思えたのだが……。

敵もさるもので、新たな切り口を見つけてきた。

「ミキ18」のモデルを暴いたのだ。

「ミキの元になったのはＡＶ女優の麻生《あそう》ルルだ！　今も生きてたらババアだぜ！」

「なんだババアを見て喜んでるのか、ミキのファンって連中は！」

「アホ丸出しかよ！」

それだけならまだしも、「これがババアの今の姿」と、あや子さんの近影がネットに晒《さら》されてしまった。

「どうしてくれるのよっ！　あたし恥ずかしくて道も歩けないじゃないっ！」

事務所で、あや子さんはよよと泣き崩れた。

「なんか、物凄く悔しいじゃない！　あたしのすべてをバカにされたみたいで！」

「イヤそれは違うデ」

黒田が慰めようとした。

「みたいやのうて、ホンマにバカにしとるのや！」

それを聞いたあや子さんは、物凄い目で黒田を睨《にら》むと、デスクにあったハサミを掴み、いきなり自分の喉元に突きつけた。

「死ぬ！　今から死んでやる！」

だがチクリと突いただけで考え直したらしく、あや子さんは事務所の窓に駆け寄り、ガラッと開けた。ここは二階だけど、飛び降りたら死ぬかもしれない。

「コラ何すんねん！　ドアホ！　やめんかい！」

「そうよ、バカなことはやめるのよ！」

じゅん子さんと黒田が問答無用であや子さんに飛びつき、どうにか事なきを得た。

その騒動を横目に、室町センセイはおれにぼそっと呟いた。

「あのね……実は、もっと困ったことになってるんだよね」

彼が見せてくれたのは、「ミキ18」がひどいレイプをされている動画だった。強姦魔《ごうかんま》にビシバシと平手打ちされて着衣をビリビリに引き裂かれ、後ろ手にロープをかけられて抵抗を封じられたミキが、そのまま後ろから凌辱《りょうじょく》されている。

「レイプAVの顔の部分をミキにハメ換えて……いや違う。最初は顔だけハメ換えてると思ったけど、全身がミキですね。これは、元のAVの映像をキャプチャーしてミキに載せ替えてます。めちゃくちゃ高度なことをやってるなあ」

室町先生は感心した。

「プロの技ですね」

「だけどプロなら一円にもならない、こんな事をやらないでしょう？」

「いや、そんなことはない。プロだからスルッと出来てしまうし、日頃のストレスの発散にもなります。ビデオ編集者ってストレス溜《た》まってますから」

と、室町センセイ。これは体験談か？

「こんな動画が広まってるなんて、とてもあや子さんには言えませんよね」

「言うたらアカン、というヤツですね……」

だが、おれたちがぼそぼそ言っているのを、黒田が聞き咎《とが》めた。

「おいそこ、ナニをヒソヒソやってんねん」

授業中の先生のように、黒田はおれたちのところにやってきて、パソコンの動画を覗《のぞ》き込んでしまった。

「あ……これは……」

黒田の顔に動揺が走った。

「これはアカンで。最高にアカンやっちゃ」

叫ぶなり黒田は頭を抱えた。

「全身をハメ換えられた元映像のAV女優は、あや子や。つまり、麻生ルルや。麻生ルルの若い頃の艶姿《あですがた》や」

しかも動画は、よく見ると無修正だ。強姦魔に扮《ふん》した男優のナニはハッキリ映っているし、麻生ルルの……と言うか、今や「ミキ18」のアソコも、ハッキリと映ってしまっている。

「実は以前、麻生ルルの、修正前の素材が流出したことがあってな。このAVを作った会社が倒産して、未編集未修正の、撮ったまんまの映像が借金のカタに買い取られて、それが出回ってしもたんや。いや、もちろんワシは回収したデ。コピーされたＤＶＤはなんとか回収したんやが、ネットに流れた動画までは回収不能や。それを誰かが発掘したんやろ……」

「しかしこれは……ハードですね」

あや子さん、こと「ミキ18」が凌辱される映像を見る室町センセイは呻《うめ》くように言った。

「ちょっと前まではメジャーなレーベルでも規制がユルかったし、ハードなものがウケたんや。今は規制もあるしラブラブで平和なヤツの方が売れとるそうやけど……」

「しかし……あや子さん、こんなハードな作品に出てたんですね」

おれはついつい、泣いているあや子さんを見てしまった。その背中をさすって慰めているのはじゅん子さんだ。黒田が怒鳴った。

「こら飯倉！　妙な想像すな！　これはあくまでもお仕事や。昔は単体女優でも、こういうハードな作品をこなしてきたんや」

黒田はそう言い切った。しかし……。

画面の中の「ミキ18」ことと麻生ルルことあや子さんは、本当に激しくレイプされているとしか見えない。しかも、明らかに擬似ではなく本当に挿入されている。ギシギシと抽送され、中出しまでされているのではないか？

思わずおれを始めとする男たち全員が、画面に見入ってしまった。

輪姦だから、襲う男は交代して、行為は延々と続く。

バックからばかりではなく、脚を大きく広げた正常位とか、その最中に顔に跨《また》がってフェラもさせる3Pとか……。

極め付けは、騎乗位の彼女に後ろから迫ってのアナルセックスの3Pだ。

「ちょっと待ってください……こっちには、全然別の動画があります！」

我に返って検索していたらしい室町先生が、別のサイトにある別の映像を表示した。

それは、全裸の「ミキ18」がカメラに向かって股を大きく広げ、オナニーしている映像だった。

「それと、こっちにも……」

そして別のサイトには、「ミキ18」のスカトロものが……。

「これ、絶対にあや子のと違うで！」

黒田は呆然《ぼうぜん》として言った。

「あや子は、スカトロの仕事はせんかった」

「じゃあ、これは……」

おれは、その先を考えるのが恐ろしかった。

「完全に、誰かが捏造《ねつぞう》したもんや！」

黒田は仁王立ちになり、怒りに震えた。

「誰かが、ミキを勝手に動かしとるんや！」

ふと気づくと、じゅん子さんが「ようやく判ったのか」と言わんばかりの表情で、おれたちを睨みつけていた。

「問題は大きく三つ」

別室にあや子さんを寝かせてから、じゅん子さんは男三人を並べて問題点を指摘した。

「その一。バーチャルアイドルのイメージを大きく損なうコンテンツの改変。ミキのシステムを盗み出し、勝手に猥褻《わいせつ》なことをさせてるヤツがいるってこと」

おれたちは神妙に頷いた。

「その二。あや子さんの過去の映像が無断で使われていること。これはあや子さんの出演作の著作者人格権に抵触する、というより、ミキのオリジナルはあや子さんなんだから、過去の出演作ではなくてもすべての捏造映像が、害をなす改変をされない権利、すなわちあや子さんの同一性保持権に抵触するわよね」

おれたちは、これをやった犯人でもないのに、申し訳なさそうに頷いた。

「その三。改変された映像が、無断で公開されていること。これは著作権侵害よね？」

じゅん子さんはおれたちの前を歩き回りながら解説を続けた。

「そして一番困るのは、この映像が非常に猥褻で煽情的であること。閲覧数もダウンロード数もうなぎ登りね。それに比例して『ミキ18』のイメージはどんどんエロくなるばかり。しかもあや子さんのプライバシーも侵害されっぱなし！」

じゅん子さんは、法廷で裁判員を前に論述を展開する弁護士のように、デスクに両手をバンと突いた。

「さあ、どうする？」

「ええと……考えられるのは」

室町センセイが口を開いた。

「その一。ミキのオリジナルが麻生ルルだということは既にバレている。その二。麻生ルルの過去の映像、それも無修正のとびきりハードなものを探し出したヤツがいる。その三。当該映像をミキのデータに入れ替えて、合成したヤツがいる。その四。ミキを動かすプログラムを盗み出したヤツがいるらしいこと。まあ、すべて同一人物がやったことかもしれないけど」

「そうね」

じゅん子さんは頷いた。

「この犯人……犯人と呼んでいいと思うけど、その人物が、おそらく女性を激しく憎んでいることは、間違いないわね」

「しかし、ここまでやる執念ちゅうのんが恐ろしいな」

ネットの怖《おそ》ろしさに顔を引き攣《つ》らせたのは黒田だけではない。おれたち全員だ。

しかしじゅん子さんだけは冷静に言った。

「厄介な相手を怒らせてしまったようね」

本当は言いたい。そういう女嫌いの相手を挑発して限界まで怒らせたのは……つまり毒舌ミキの中の人は、実はじゅん子さんなのではないですかと。

「ミキのコントロールを取り戻すことはどう考えても、もはや不可能だと思うの」

考えながらじゅん子さんは言った。

「ミキを動かす映像技術が向こうにあると推測される以上、これはもう、お手上げよ。こっちがギャンギャンやればやるほど向こうは面白がって、新作の『ミキポルノ』を出してくるに違いないわ」

「と言うことは……」

室町先生は、自分が作り出した存在の命運が風前の灯火《ともしび》であることを察知して、死刑を待つ囚人のような顔になった。いや、連載打ち切りを告げられた作家のような顔、もしくは雇い止めを一方的に通告された派遣社員のような顔、だろうか。

果たして、じゅん子さんは非情に告げた。

「そうです。もはや、ミキをネット空間から削除して、テレビにもイベントにも出さない。つまり、ミキを殺すしかありません。残念だけど」

室町先生は「やっぱり」と肩を落とし、黒田が慰めた。

「まあ、ええがな。また新しいバーチャルアイドルを作ったらええやないですか」

「何を言うんですか！　ペットが死んだのなら新しいのを飼えばいいみたいな、そんなことを泣いている飼い主さんに言えますか？」

それと同じことだと、室町先生は涙ながらに反論した。

「ミキには、人格というか性格というか個性というか、そういうものが芽生えていたんですよ。犬ロボットのａｉｂｏだって、故障して直せないと判ったときのオーナーの悲しみたるや、本物の犬や猫を飼ってるのと同じなんですよ。それと同じで、僕は、ミキの親と同じなんです。ミキは我が子なんです！」

室町先生はおいおいと泣き始めた。

「仕方ないやないですか、センセイ。じゅん子の言うとおりや。アレはいったんこの世から消して、リセットせんと。モデルになっとる、あや子の気持ちも考えとくんなはれ」

「そうだよ」

と、声がしたので振り返ると、そこには蒼《あお》い顔のあや子さんが立っていた。

「もう耐えられない。無理。生理的に。ミキはあたしじゃないけど、やっぱりあたしでしょ？　ミキはあたしとは違う、といくら自分に言い聞かせても、やっぱりあたしとしか思えない。自分でももう何がなんだか判らないけど、ミキがこんなひどいことをされてて、それを世の中の男ども全員が大笑いして見てて喜んで、オマケにそれで抜いてるのかと思うと吐き気がする。もうみんな大嫌い。殺してやりたい！　全員のタマを潰してやりたい！」

おれたち全員が思わず股間を押さえた。

黒田がおそるおそる慰めた。

「なあ……あや子、思い詰めたらアカン。世の中の男、全員が鬼畜外道とちゃうで」

「判ってる……判ってるけど、この気持ちはどうにもならないのよ！」

「すみません。その気持ちはよく判ります」

ミキの生みの親も悄然《しょうぜん》として頭を下げた。

「やっぱり、実在の人をデータ化してモデルにするのは問題が多いということが、やっと判りました」

じゅん子さんも沈痛な表情だ。

「今、気がつきましたが、こちらがミキの活動をストップしても、敵側がデータとプログラムを持っている可能性がある以上、これからもミキは勝手に動かされ続けます。これをどうすれば収拾できるのか……」

敵側と交渉して、データ及びプログラムのコピーをこっちに返して貰わないと、とじゅん子さんは言うが、いくらでもコピーできるものを「返して」貰っても意味はあるのか。

そこで室町先生が「おかしい！」と言い始めた。

「ミキのプログラムがどうして盗まれたのか、合点がいきません！」

「そら、あれやろ。何者かがネットから先生のパソコンに侵入して、ファッキングして」

「ハッキング」

じゅん子さんが言い直した。

「せやからその、ハッキングたらいうやつで、データやらなんやらを全部、盗み出したんやろ！」

黒田はそう言ったが、「ありえない！」と室町先生は断固否定した。

「そういうこともあろうかと、僕は防護システムを実装させているのです。つまり」

彼は自分のパソコンに刺さっているUSBメモリーのようなものを引っこ抜いた。

「これは、いわゆる『ドングル』です。これがないとミキのシステムは立ち上がらないようにしてあるのです」

ドングルとは、コンピューターに接続して用いる小型装置のことで、ソフトウエアの不正使用を防止するために用いる認証装置や、インターフェースの変換を行う装置、無線通信を行う装置などがあるらしい。おれはこの事を後から知った。今回の場合は、「プロテクト・ドングル」と言うもので、これがコンピューターに挿さっていないとプログラムが起動しないのだという。

　室町先生が続ける。

「それで、ミキが一番忙しい時には、黒田社長、じゅん子さん、あや子さん、そして僕の四班体制でテレビ局やイベント会場に行ってましたから、ドングルは四つ作って、パソコンと合わせてみなさんにお渡ししていました」

　それを聞いたじゅん子さんは自分のデスクの引き出しからノートパソコンと一緒にドングルを取り出した。

「これですよね？」

「じゅん子さん、正解です」

　あや子さんも、自分のバッグからノートパソコンとドングルを取りだした。

「あや子さんも正解！」

　残るは黒田だけだ。社長はムッとした様子で自分の大きなカバンからノートパソコンを取り出してニンマリし、次にドングルを出そうと、カバンの中に手を突っ込んでゴソゴソ探し始めた。

「今出すからちょっと待ってや……こん中に入っとるはずなんや……ほれ！」

威張って出したのは、百円ライターだった。

「……と、いうことは？」

全員が、じりじりと黒田を包囲して、その輪を狭くしていった。

「社長！　まさか……ドングルを盗まれたのでは？」

「クロちゃん、どこで盗まれたのよ！　盗まれたの黙ってたの？　ひどい！」

あや子さんが泣き、じゅん子さんに至っては呆《あき》れ果てて、もはや無言だ。

何か言うと必ずトバッチリが来るおれも黙っていることにした。

「あれや……北千住《きたせんじゅ》のイベント会場で、ウンコしとうなってトイレに走った、たぶんその時や」

黒田のあまりにも無防備で無責任かつ無警戒な発言に、おれたち一同は返す言葉もない。

「まあ、待て」

黒田は慌てて取り繕おうとした。

「こういうことをやりそうな奴《やつ》に心当たりがあんねん」

なんとかするワ、と黒田は言った。

「ネットで脅迫して食うとるヤツを何人か知っとる。その中の一人、もしくは何人かが組んでやっとるんやないかと」

「お金で話をつける、ということですか？」

じゅん子さんが訊いた。

「そうや。誰がやっとるか突き止めて、そいつにカネを渡す」

黒田はメイドカフェで小耳に挟んだという話を始めた。

「ネットの炎上言うてもな、コアになるのはほんの数人で、その数人が無茶苦茶仰山の書き込みを一気にやって、起爆剤になるケースが多いらしい。それでワッと火がついてしもたら誰も収拾できんようになるが、書き込んでいるのが数人で、見た目だけ炎上してる場合は、そのコアの奴をなんとか懐柔すれば処理出来る、ちゅう話や」

「今回、そのケースに当てはまるんでしょうか？」

なんでも金で解決できるという思想に凝り固まった黒田に、じゅん子さんは懐疑的だ。

「妙な正義感に突き動かされてるかもしれないじゃないですか。女性が憎いだけかもしれないし」

その場合は非常に厄介だという彼女に黒田は言った。

「目の前に金積まれて『これで黙ってんか』と言われて金を突き返すヤツはおらんやろ？　金で解決でけんかったら処置ナシや。我らがミキはボロボロにされるままや」

なんぼエラそうなこと言うても、結局はカネなんやと黒田は吐き棄《す》てた。

「カネを貰《もろ》うておきながら約束に反したら契約不履行で訴えることが出来るしな」

これからもう一度メイドカフェに行って情報収集してくると、黒田は出ていった。

「社長はああいうけど……」

じゅん子さんは室町先生に助けを求めるような目を向けた。

「お金で解決できるとは、私には思えない」

「判りました。こうなったら非常手段を取るしかありません。実はですね、僕は警察の監視カメラのネットワークをハッキングできるんです。その画像データと、膨大な監視カメラ画像からでも特定の顔を識別できる『顔認証ソフト』を合わせて使えば、黒田社長のドングルを盗んだ犯人を特定出来るんじゃないかと」

それだ！　と室町先生以外の全員が声を揃えた。

「クロちゃんは北千住のイベント会場でドングルを盗まれたって言っていたよね？　それじゃ今からあたし、その会場に行って監視カメラの記録を見せて貰ってくるから。絶対録画が残ってるはずだから」

あや子さんはそう言って素早くサングラスにマスク、ニット帽を装着し、事務所から飛び出して行った。

「なるほど。コイツか……」

一時間後、あや子さんが北千住から持ち帰った画像データを全員で見た結果、室町先生の正しさが立証された。

イベント会場の控え室に置きっぱなしになっているノートパソコン。そこに忍び寄る怪しい男。キョロキョロと周囲を見回してから、男がパソコンに刺さっているドングルを引っこ抜き、自分の服のポケットに入れて、なぜかノートパソコンの蓋を閉じ、立ち去るまでの一部始終がそこには、はっきり映し出されていたのだ。

画面には入れ違いに黒田が戻ってきて、「あ～腹痛かった」と独り言を言い、蓋が閉まっているノートパソコンを自分のバッグに仕舞う。

仕舞ったあとで「ん?」とちょっと首を傾げたが、「まあええわ」と黒田はバッグを持って控え室を出て行ってしまった。

「まったくクロちゃん、いい加減だよね! 開いていたパソコンの蓋が閉じてるんだよ? どうして気がつかないのよ!」

あや子さんは愛想が尽きた、と言う顔だ。

「犯人の顔をキャプチャーしなければ」

室町先生は、犯人がキョロキョロするあたりの画像をスローで再生し直した。

「これですね。悪質オタクの典型だ」

室町先生は吐き棄てるように言ったけど、おれには普通の男にしか見えない。

中肉中背、瘦《や》せてもいず太ってもいずメガネを掛けた三十前後の男。目つきが悪く、口を尖らせているところが少々、いやかなり感じ悪いが、この程度ならざらにいるタイプだ。

「都内すべての監視カメラがネットで警視庁に繋がっているわけではないけれど、相当数のカメラが接続しているはずです。そのデータを抜き取ったうえで顔認証ソフトを走らせて、こいつの画像と照合してみましょう」

室町先生の言葉に、おれは驚いた。

「そんなこと、出来るンすか！」

「たぶん」

室町先生は涼しい顔でそう答えると、キーボードに何かを打ち込んで、リターンキーをバシッと打った。

「これで結果を待つだけです」

結果はすぐに出た。

「この顔の男が、秋葉原周辺に、頻繁に出没していますね」

「だったら……ミキのイベントを秋葉原でやったら来る。必ず来るわよ！」

じゅん子さんはおびき出し作戦を提案した。

「探すより呼んでこいって事よ！」

＊

予定外の「『ミキ18』ファイナル・コンサート」が秋葉原のＵＤＸビルにあるイベントホールで開催された。

ネットで無修正のドギツいポルノ映像が広まって炎上しているからなのか、チケットは発売と同時に売り切れて、ガラス張りの会場の外には、中を覗き込もうとする群衆までが集まっている。

「こらエエ商売や！　炎上商法ちゅうのんは儲かるもんやな！」

黒田は喜色満面で思わず口走ったが、隣のあや子さんにキツい目で睨まれてシュンとした。

控え室には室町先生がいて、ステージの袖で会場を見ながらパソコンを操作する、と言っても開始ボタンと終了ボタンを押すだけで、客とのやりとりは人工知能任せなのだが。

しかし今日だけは違う。ミキのシステムには「顔認証ソフトウェア」がリンクされていて、会場に特設されたカメラで捉えた画像を「ミキ18」が自由に処理できるようにしてある。

おれたちは、と言えば、ひたすら会場を監視して、「犯人」が現れるのを待ち構えるのだ。

「じゃ、時間です。始めましょう」

室町先生が、スタートボタンを押した。

特設ステージの上で花火がパンパンと続けざまに炸裂し、スクリーンには、通常よりも衣裳の面積が少ない、マイクロビキニを身につけた『ミキ18』が出現した。

「満場のマスかき野郎！　ミキだよ！」

会場のファンは「おー！」と応じた。みんなマゾなのか？

「アタシについていろいろあるみたいで、勝手にアタシをファックさせたりしてるクズも居るけど……まあ、セックスは気持ちいいよね！　気持ちいいんだよ、童貞のみんな！」

もう、言いたい放題だ。こんなエロ毒舌を吐くアイドルは空前絶後だろう。

「ホントは全裸でオナニーしながら歌って踊ってもいいんだけど……警察が来ちゃうから、それは自粛するね！　じゃあまず歌います。でもその前に……」

スクリーン上のミキが視線をさまよわせ、その視線はやがて、会場のある一角に収束していった。顔認証ソフトが、会場を埋め尽くした客の顔すべてを洗い、北千住でドングルを盗んだ犯人の顔と対照させているのだ。

これくらいの画像処理ならスーパーコンピューターなんか使わなくても、市販のノートパソコンで充分に可能だ。

「そこの……そこのアンタ！」

スクリーン上にも会場の様子が映し出され、ある一点に向かってズームされていく。

　そして、一人の男の顔をアップで映し出した。

「オマエだよオマエ！　オマエはこの前、北千住でアタシのシステムを盗み出しただろ！　監視カメラの映像を調べて、アンタを割り出したんだよ！　このクソ野郎！」

　スクリーン上にアップに映し出された「犯人」は目を剝《む》いて違う違うと激しく首を振り、手でも否定のアクションをした。

「シラを切るんだね？　じゃあ、これを見な！」

　スクリーン上には、北千住で撮られた例の画像が映し出され、その犯人の顔と、現在、会場にいるその男の顔の輪郭や目鼻、口にたくさんの輝点が自動で打たれ、次いでその二つの顔画像が重ね合わされた。

「ほら！　ピッタリ！　犯人はオマエだよ！　アタシを勝手にファックさせて、スカトロまでさせた、このクソ野郎が！」

　スクリーンから指を指された男の周囲からは人がどっと引いて、広い空間が出来た。

「ねえみんな。アタシはここから出られない。だから、誰か、コイツを捕まえて！」

スクリーンの中からミキが呼びかけ、黒田もおれたちに号令をかけた。

「おら！　お前ら、出動や！」

おれたちが会場の中に飛び出すと同時に、犯人の男も会場から逃げ出した。

後を追うおれたち。

犯人はビルの二階にあるイベントホールから、外のペデストリアンデッキを走って中央通りに出た。信号を無視して車に轢《ひ》かれそうになりながら無理矢理横断すると、アップルの殿堂たるビルに逃げ込んだ。

おれたちも後を追い、マックコレクションの店内に入ったが、犯人はドタバタと売り場を走り抜けてアパホテル方面に走ってゆく。

昔の秋葉原と言えば、オタクはオタクでも電子機器オタクの聖地だった。そんな昔の面影を残す部品ショップが軒を並べる裏通りを、犯人は走りに走った。

以前、アキバと言えばメシ屋がなくて、九州じゃんがらあめんか隣の定食屋くらいしかなかったのに、今や裏通りにもカレーやすた丼、ハンバーガーや肉を食わせる店にラーメン屋など、目移りするくらいに店が多い。食い物屋が林立する中を犯人は逃走してゆく。

蔵前橋《くらまえばし》通りまで逃げた犯人は、一転して再び裏通りに入り三菱《みつびし》ＵＦＪ銀行の支店の裏を左に曲がって、末広町《すえひろちょう》駅方面に向かう。

さんざん走っておれたちを消耗させるつもりか？　インドア派である筈《はず》のオタクとしては、驚異的な体力だ。

しかしこっちはタフなじゅん子さんに、怒りに燃えるあや子さん、そしてヨロズ肉体労働が専門のおれが揃っている。虚弱なオタクに負けるわけにはいかない！

犯人は、あるビルに飛び込んだ。

もちろん、おれたちもそれに続く。

と……踏み込んだ先は、ライブハウスというか、小さなイベントスペースで、ステージではおれの知らないアイドルが甘えた声で歌っている。それを派手な色のライトが照らしてスモークもモクモク焚《た》いて、派手な演出で見せている。

フロアには客がギッシリ詰まって、全員が光る棒（ケミカルライト）を打ち振りつつ左右に激しく向きを変えては、その都度両手の人指し指で天空を指し示す、例の踊りを踊っている。

その中に一人だけ、ケミカルライトを持っていない男が飛び込んだので目立つことおびただしい。

おれはそのフロアでオタ芸「ロマンス」を踊っている全員に呼びかけた。

「すみませ〜ん！　そこに居る男は、『ミキ18』のプログラムやデータを盗んで、勝手にどエロなことをやらせているクソ野郎です！　捕まえてくださいッ！」

オタクにはいろんな派閥があって、今、ステージで歌っているアイドルのファンは、「ミキ18」を敵視しているから、協力なんかしてくれないだろうな……と思ったのだが。

「え！　あのクソ野郎がこいつ⁈」

犯人の周囲にいたオタクたちが一斉に反応した。

「おれ、ミキも好きなんです。だからコイツは許せねえ！」

「ギリギリでエロいミキがいいのに、あそこまでやったら引いちゃうことが判らない、この、ドルオタの風上にも置けないクソは死ね！」

「アイドルをおもちゃにするだけの鬼畜は人間じゃねえ！」

客たちは一斉に罵声を浴びせ、犯人を取り囲むや、いろんな色に光るケミカルライトでボコボコにし始めた。

「わ！　た、助けてくれ……」

犯人は弱音を吐いたが、ステージ上からおれの知らないアイドルが声をかけた。

「今、会場には、ミキちゃんを勝手におもちゃにした最低最悪のバカ野郎がいるそうです！　お願い、みんなで捕まえて！　そんなバカ野郎はお仕置きよっ！」

オタクたちのお仕置きは、おれたちがストップをかけるまで、続いた。

＊

「ミキ18」のドングルを盗んだ犯人は警察に突き出され、共犯者二名も芋づる式に捕まり、この件は一件落着した。

「まあしかし、なんやな」

落ち着きが戻った事務所で、いつものようにふんぞり返った黒田が、言った。

「物事、何が幸いするか判ったもんやないな。こういうのをコトワザで……ほれ、あれや」

思い出すのを全員が待ったが、結局思い出せなかったようで、黒田は話題を変えた。

「しかしあれやな。ミキ18があぁいう事になって、こらあかんわと腹を括《くく》った。毒舌でブラックなイメージが付いてもうたし、学習機能、言うんか？　その毒舌にも磨きがかかるばっかりや。あのM－1グランプリの審査員の先生を言い負かした時には冷や汗をかいたで」

室町先生は頭を掻《か》いた。

「すみません。学習機能を弱めるか、毒舌をカットするオプションを付けるべきでした……」

「いや。災い転じて福となす、や。ようやく思い出したワ。いや、違うか？　人間万事塞翁《さいおう》が馬やったかな？　とにかく並み居る毒舌タレントをなぎ倒して、今やミキ18は、クイーンオブ毒舌や」

「そして、我が国初の『バーチャル・ブラックアイドル』でもあります」

「室町センセイの言うとおりや。これは今でも信じられん」

黒田が言うように、ミキ18は、下ネタは全部ＯＫ、エロも辞さない体当たり系で、しかも頭の回転が抜群で毒舌。加えて放送コードはギリギリで守るし、コンプライアンス的にヤバいことは言わないという天才ぶりを示して、現在、「ミキ18」に勝る毒舌タレントは居ない、という独走状態になっている。

そうなると一時のスキャンダルはなかったも同然という事にされ、テレビにもイベントにも引っ張りだこになってしまった。

「これもすべて、天才・室町ハカセの功績や。この働きに報いるために、本日をもって室町ハカセを我が社の社長兼CEOに任命する！」

「え！」

驚いたのは、おれだ。

「いやいやいや、この会社の長年の功労者と言えばじゅん子さん。そのじゅん子さんを差し措いて、ですか？」

「お前の言いたいことは判るで、飯倉。お前も長年頑張ってきたのになんやねん、と思うとるんやろ？」

けどそれでええねん！　と黒田は言い切った。

「しかし、黒田社長はどうするんですか？」

じゅん子さんが冷静に聞いた。

「ワシか？　ワシは、会長としてこの会社に君臨するんや！」

君臨するほどの規模ではないのだが。

「まあ、会長になってヒマになるやろから、今度のM－1グランプリにでも、出よかと思うてる。もちろんミキ18とコンビを組んでやな」

黒田は自信満々に言った。

「ワシらなら、なんとかサーモンやらスーマラより毒舌が冴《さ》えて人気出るで。こらホンマやで」

満面の笑みを浮かべて大きく頷く黒田だった。

第二話　失言アイドル「ラムサール寧々《ねね》」

秋葉原《あきはばら》の古ぼけた雑居ビルに、我が「ブラックフィールド芸能エージェンシー」がある。

探偵社では儲《もう》からず、芸能事務所に衣替えしたのだ。陣容は以前と同じ。いや、バーチャルアイドルを開発したエンジニアの室町《むろまち》センセイが新たに加わり、いきなり社長兼CEOに就任している。それに伴い社長だった黒田《くろだ》が会長に昇格しているのだが、メンバーが五人しかいない会社に社長と会長がいるというのはアタマがデカすぎるんじゃないか？

くすんだオフィスにはリサイクルで掻《か》き集めた冷蔵庫や電子レンジ、応接セットにデスクという貧乏臭さ満点の設《しつら》えだが……じゅん子《こ》さんのデスクの上には最新型のパソコンと、8K液晶の42インチ大型ディスプレイが出現している。

「今朝届いたモンスターマシンよ。CPUは最新最強のCore i9 9900Kで……」

じゅん子さんは自動車マニアが愛車自慢をするように鼻息も荒くスペックを説明した。

「何言うとるか全然判《わか》らんけど、物凄《ものすご》いモンやっちゅう事だけは判る。せやけどこんなモンを買うカネ、どこにあった？」

「ご心配なく。自腹ですから。ここを辞めるときは私物として一緒に持って行きますよ」

「滅茶苦茶高そうっすね」

おれも感想を述べた。

黒田が言うとおり、最新最強のパソコン一式を買うお金はどうしたのだろう、とセコい疑問を持ってしまうおれ・飯倉良一《いいくらりょういち》は、いつまで経《た》っても薄給の使いパシリだ。

我が社の業績は、現在ふたたび危機に陥っていた。芸能事務所に衣替えして売り出したタレント第一号「バーチャルアイドル『ミキ18』」は大ヒットしたものの、累積した借金を払うため大手芸能事務所に権利を売却し、第二号のタレントがまだ発掘できていない。

一時的には儲かったものの、ミキに設備投資をした分を差し引くと、かなりの赤字になっている。ここしばらく、おれも給料らしい給料を貰《もら》っていない。

だから、我が社に欠くべからざる人材で、ほぼ出来ないことはないと言えるほど有能なじゅん子さんが副業を持っているとしても、黒田は文句を言えないのだ。

「あんたらに満足な給料が払えてないことは悪いと思うてる。せやけど有望なアイドルを発掘して一発当てたら、そんなもんすぐ挽回《ばんかい》できるワ。芸能界は一攫千金《いっかくせんきん》やからな！」

黒田はあくまで楽観的だ。

はいはいと生返事をしながら自慢の最強マシンでネット動画をチェックするじゅん子さん。すると、その最新式の大型８Ｋディスプレイに映し出された画像に黒田が反応した。

「これや！　ここにあったデ、宝石の原石が！　金の卵を産むニワトリや！」

そこに映し出された少女の美しさに、おれも息を呑《の》んだ。

振り返って、にっこりと微笑《ほほえ》むだけの短い映像。だが今どき珍しい、艶やかな黒髪はまさにカラスの濡《ぬ》れ羽《ば》色だ。そして黒髪とは対照的に、透き通るように白い肌。

そこにうっすらと浮かび上がる、頬の赤みが愛らしい。

そして笑顔から素に戻った時の、一点を見つめる、思い詰めたような丸い目が、とても印象的だ。

「これや！　この子や！　ワシのカンに間違いないデ！　ついに宝石の原石大発見や！」

黒田はディスプレイの前で狂喜乱舞した。

黒田の愛人兼社員で、美容やお洒落《しゃれ》に詳しいあや子《こ》さんも、感に堪えたように叫んだ。

「最近の若いコはチークの入れ方が凄く上手になっているけれど、このキレイさは化粧のせいじゃない。この子、スッピンだよ！　つまりマジ美人。天然ってことじゃん」

同性の見る目は厳しい。あや子さんがそう言うのなら、この子は本物の美女なのだろう。

「私もそう思います。スカウトする価値があります」

じゅん子さんも冷静に同意した。

「この子がどこにおるのか、名前と居場所をじゅん子、今すぐ調べてんか！」

ネットにあげられた動画は、何かのイベント会場で一般人が撮ったものらしく、場所日時イベント名などは不明だ。

当然、撮影された場所も、この美少女の名前もまったく判らない。

じゅん子さんが調べたところ、ようやく北海道、それも道東のどこかで撮影されたものであることが判った。

「すぐ道東に飛ぶんや！　何としてもこのアイドル候補を見つけたる。行けばなんとかなるやろ。田舎《いなか》の社会は狭いデ」

「しかし北海道は広いですよ。道東と言っても釧路《くしろ》に根室《ねむろ》、網走《あばしり》と広大な大地が広がっていますし」

「ンなもん、なんとでもなるわい！　ゴタクを並べる暇があったら、まず行動や！

じゅん子、飛行機のチケットを手配してんか」

「もう予約しました。『たんちょう釧路空港行きパッケージツアー』を四枚、復興特価で入手しました」

「四枚？　全員で行くんかいな？」

「お給料が遅配しているんです。福利厚生で社員旅行のひとつも入れないと、ね」

「全員の中に僕は入っていないんですか？」

声の主は新社長の室町くんだった。じゅん子さんがハッとした様子で謝った。

「あ。忘れてました……私が東京に残りましょうか？」

「いいんですよ。どうせ僕は社長とは名ばかりの新参者ですからね。ところでその御自慢のパソコンですが、もっと高スペックなマシンは山ほどありますよ！」

むっとするじゅん子さんに構わず、室町くんは続ける。

「検索機能はマシンの性能と言うより検索者の腕ですけどね。僕が検索したところでは、撮影場所は釧路の道の駅。タンチョウ鶴のイベント『くしろタンチョウ鶴まつり』で撮られたものです。この僕が検索したんだから間違いありません」

室町くん、いや室町新社長は、ここぞとばかりに存在感をアピールする。

「なんせ僕はこの方面の専門家だし、その能力を買われて社長になったんですからね、社長に」

あくまでも「社長」を強調する室町くん。

「だけどまあ、会長が『まず行動や！』とおっしゃってるんだし、僕が留守番をしますから、どうぞ行ってらっしゃい。外様《とざま》の新参者が仲よし社員旅行に参加したいと主張するほど、僕は無神経じゃないですから」

はいはいどうぞという口ぶりは、僻《ひが》み丸出しだ。鈍感なおれでもハッキリ判る。

だがそれが通じる黒田ではない。

「ほうか！　ほな、よろしゅう頼むわ、社長！」

歌舞伎町《かぶきちょう》のポン引きみたいな口調（知らんけど）で黒田は言い放ち、翌朝、おれたちは釧路に旅立った。

＊

空港からバスに乗って、我々は釧路市の郊外にあるタンチョウ観察センターに向かった。アイドル探しの前に、「ツルを見たい！」と、あや子さんが強硬に主張したからだ。

幸いよく晴れて、抜けるような青空だが、あたりは一面の雪原だ。ヒールのあるブーツを履いてきたあや子さんの足元が怪しい。

なんでも知っているじゅん子さんによれば、現在日本でタンチョウの群れが見られるのは主に道東。昔は日本各地にいたのに乱獲されて、一九二四年に釧路湿原で見つかるまで絶滅したと思われていた。保護が始まっても個体数は増えなかったが、危機感を抱いた釧路の一個人が一九五二年冬に餌付けを始めてからは順調に増えていったそうだ。

「この道東に居るタンチョウは渡りをしません。冬の間もずっとこの地に留《とど》まっている、いわゆる留鳥《りゅうちょう》です。普通に渡りをしていた日本各地の群れはみんな死に絶えたのに」

そんなレクチャーを受けながら餌場に着いたが、柵の向こうには白い雪原が広がるばかりで、なぜかタンチョウの姿がない。

「なんやこれは？　入場料払《はら》ろたのに、ツルが一匹もおらんやないか！　詐欺やで」

怒りを露《あら》わにしたのは黒田だけではない。胸から巨大な、いかにも高価そうな一眼レフに望遠レンズつきのカメラをぶらさげた年配の観光客数人も、観察センターのスタッフに食ってかかっている。

「せっかく遠路はるばる写真を撮りに来たのに、どうしてくれる？」

センターの人はひたすら平身低頭だ。

「すみません。環境省からの通達により、餌付けを控えているんです。以前は一日二回でしたが、今は朝だけの一回に抑えているのが現状で」

「なんや、ツルまで緊縮財政かいな。カネでもエサでも気前よう流さんと国が痩《や》せ細る一方やで」

と、黒田は文句をつけた。

「おっしゃることは判りますが、一箇所にツルが集中すると病気が流行して大量死する心配もあるんです」

ケチってるわけではないとの説明だが、それでもカメラマニアの人たちは納得しない。

「言い訳をするな！」

「な〜にが環境省だ？」

「要するに、エサ代が惜しいんだろ！」

カネと時間を使ってタンチョウ目当てにやってきた観光客の気迫に負けたセンターの人は、仕方なくどこかに電話をかけ始めた。

「すみません。現在タンチョウが一羽もいないんです。お客さまから激しい抗議があって……はい、仕方がないので出動お願いします」

やがて、遠くからトラクターのエンジン音が響いてきた。途端に、遠く離れた空から、ガアガアという耳ざわりな鳴き声がたくさん聞こえ始め、それがいくつもの黒い点になって現れ、その点がみるみるこちらに向かってくる。

「なにあれ？」

「鳥だ！」

「飛行機だ！」

「違います。あれがタンチョウです」

左右に大きく翼を広げたタンチョウが、しかも数え切れないほどの数で、目の前の雪原めざして滑空し、次々に舞い降りてくる。

「タンチョウはもう、トラクターのエンジン音が聞こえただけで寄ってくるんですよ」

係の人は淡々と言った。

雪原にトラクターが出現した時点で、既に夥《おびただ》しいタンチョウが広大な餌場に着地して、スタンバイしていた。

赤いトラクターの後部には巨大な黄色いカップのようなものが取り付けられている。そこから何かが大量に雪の上に撒《ま》かれ始めると、タンチョウたちはわっと押し寄せて一斉についばみ始めた。

「トウキビを撒いているんですよ」

カメラを構える人たちは撮影に夢中になっているが、おれは係の人の説明を聞いた。

「このあたりでは家畜用のデントコーンを育てていてそれをトラクターで収穫しま

すが、いわゆる落ち穂というか地面にこぼれ落ちる粒が大量に発生します。タンチョウはそれを食べているんですが畑が雪に覆われると食べられなくなります。それは可哀想《かわいそう》だから、こうして冬の間だけ餌付けをしているんですよ」

あや子さんは夢中になって、柵から身を乗り出して、食い入るようにツルたちを見つめている。

「キレイ！　大きい！　やっぱり生で見ると迫力あるね。ホント来てよかった」

だが、ツルたちは大人しくエサを食べているだけではない。撒かれたエサが食い尽くされて足りなくなってくると、あちこちで小競り合いが起こり始めた。

「餌付けをするとツルの気が荒くなることもあるので、そこが悩ましいんです」

激しく羽ばたき、大きなツルが小さ目のツルに突撃して追い払おうとする行動が、ところどころで見られる。

「古参の個体は身体《からだ》も大きくなりますよ。ツルは長生きですからね」

「ツルは千年って言いますもんね」

「いや、四十年くらいです」

突然、けたたましい「合唱」が聞こえてきた。声の方を見ると、三羽のタンチョウが揃《そろ》って長い首を伸ばし、喉をそらして嘴《くちばし》を上に向け、円陣をつくるような態勢で鳴いている。

「あれはタンチョウの一家ですね。母親と父親と子どもです。ほかのファミリーに対しての示威行動でしょう」

よく見ると、なるほど、鳴いているのはひときわ身体の大きい二羽と、小さめの一羽だ。

「私たち幸せなんだもん！　自慢か……なんかフェイスブックのリア充アピみたい」

と、あや子さん。

「食べるに困らなくなったら次は承認欲求でしょう。そこはツルもヒトも同じね」

じゅん子さんが身も蓋もない解説をする。

その三羽が、小さな一羽のタンチョウを、しつこく追い回し始めた。遠くからおずおずと近づいてきて、雪の上に落ちたトウモロコシをついばもうとする小さなツルを、タンチョウ一家が一致団結して追い払う。身体が小さくてひとりぼっちのそのタンチョウは、威嚇されるたびに慌てて逃げる。

有力なタンチョウ一家は激しく羽ばたき、鋭い声で鳴き、小さな一羽が少しでも食べようとすると、体当たりをする勢いで突撃を繰り返すのだ。

「ねえ、あのツル、可哀想じゃん。さっきから何も食べられてないよ？」

あや子さんが同情した。

「しゃあないワ。根性悪いのんは、ツルでも人でもおるからな」

こんなこともあろうかと、とあや子さんはバックパックから透明なビニールの袋を取り出して封を切った。袋の表面には『バードフード　トウモロコシ　特選小鳥飼料』と印刷されている。

「楽天で買っておいたんだ。あたしもツルに御飯あげたかったから」

そう言って餌をスローイングするあや子さんだが、如何《いかん》せん非力で、タンチョウのところまで届かない。

「貸してみい。こう見えてもワシは高校生の頃、タイガースにスカウトされかかったんや」

そう言って餌を投げた黒田の、剛腕もコントロールもフカシではなかった証拠に、小さな可哀想なタンチョウの足元にトウモロコシの粒は見事に着地した。

可哀想なタンチョウは、慌ててそれをついばんだ。

「小さなツルちゃん、こっちにおいでよ！」

あや子さんが鳥寄せをすると、小さなタンチョウも餌に惹《ひ》かれて、おそるおそるこちらに近寄ってきた。

それを邪魔しようとする大きなタンチョウの一家を、あや子さんは鋭い声で追い払った。

「あんたたちはダメ！　もう一杯食べたじゃん。あっち行って！　行けっ！」

近寄ってきた小さなツルを見て、いかつい黒田の顔も綻んだ。

「ほう。可愛《かわい》らしいもんやな」

黒田とあや子さんが一緒になって餌を投げ続けていると、さすがにセンターの係員に見咎《みとが》められてしまった。

「お客さん、勝手に餌をやるのは困ります」

「なんやて？　お前には飢えたツルが見えんのんか？」

「見えてますよ。しかしある程度、自然の摂理にも従わないと、野生動物の保護は……」

「おう。お前、ワシを誰やと思うとんねん。憚《はばか》り乍《なが》らこのおれは、アキバの黒田と言えば誰もが知っとる暴れん坊や！」

ここぞとばかりに黒田が凄んでみせると、係員は黙り、無理が通ってしまった。

小さな痩せたタンチョウは、あや子さんと黒田がこれでもかと投げ与えたバードフードをお腹《なか》いっぱい食べたあと、おれたちをじっと見ると、嬉《うれ》しそうに何度も羽ばたきをして、まるで踊っているような仕草を見せた。

「あれはきっとツルなりに、うちらにお礼を言っているんだよ。あれはお礼の舞だよ」

あや子さんは感動の面持ちで言った。

「動物を擬人化するのはよくありません。踊っているように見えるのは、単なる習性でしょう」

例によって、じゅん子さんは身も蓋もない。

「まあええやないか。お礼に踊ってくれたと思うほうが気分が晴れるやないか」

善行を積んだその報いで、あんじょう尋ね人が見つからんもんかな、と黒田はボヤいた。

「あの美少女を何としても見つけてスカウトせんと、ウチは倒産や。崖っぷちやで」

「まだ探し始めてもいないですから、今から弱気になってどうしますか」

じゅん子さんが叱咤《しった》したが、黒田がなおも「このままやと今月の事務所の家賃も払えん」とボヤくので、おれも思わずバカなことを言ってしまった。

「楚々《そそ》とした美女がお金を持ってきてくれて、先日助けていただいたツルです……とかないっすかねえ」

「アホか、お前は。ようもそんなくだらんことを思いつくもんや」

「そろそろ、本題に入りましょう」

じゅん子さんが本来の目的を思い出させた。

「あの氏名不詳の美少女の動画は、この観察センター近くの、道の駅でおこなわれたイベントで撮影されたもののようですから、道の駅の人に訊《き》いてみましょう」

じゅん子さんが先頭に立って、おれたちは道の駅に移動して、問題の『くしろタンチョウ鶴まつり』について聞き込みを開始した。

「そのイベントのことはよく覚えてますよ。この動画にも映っているようにけっこう人が集まりましたし……だけど、集まったお客さんのことまでは判らないです」

道の駅の女性担当者は親切に相談に乗ってくれたが、何も手掛かりは得られなかった。

「このイベントには遠くから来てくださる方も多いので……しかしまあ、やっぱり地元ですから、釧路の人が一番多いでしょうね」

釧路の女の子を片っ端から面通ししなければならないのか？

「この動画をツイッターにあげて『名前とか教えてくれたら賞金！』ってやったらどうでしょう？」

　とおれが名案を出したが、即座に黒田にど突かれた。

「アホかお前は！　そんなことしたら他の大手芸能プロが飛んで来るやろ！　こんな可愛い子、釜プロも壕プロも多良部エージェンシーも放っとかんで！」

「でも、土地勘もない釧路で、しかもたった四人で、どうやって探し出すんですか？」

「足掻《あが》いてみるしか、ないやろ。せっかくここまできたんやし」

　黒田は自信ありげに大きく頷《うなず》いた。

「それに、わしらはそもそもが、探偵やで」

＊

　それから夕方まで、おれたちは釧路市内で動画の美少女を探した。

　高校や中学校に行ってフェンス越しに中を覗《のぞ》き込んでは不審者通報され、釧路のシンボル・幣舞橋《ぬさまいばし》や釧路一の繁華街・末広町《すえひろちょう》方面、ファストフード店などを転々として張り込んでみたけれど……彼女は見つからなかった。

「会長のあの自信は、なんだったんですか？」

「自信？　んなもんあるかいな。ただ頷いただけやないかい」

「やめてくださいよ、紛らわしいことは」

疲れ果てたおれたちは最後の砦《とりで》・釧路駅に辿《たど》り着いた。

「若い子なら通学通勤に使うっしょ、電車」

「電車ではありません。ここ釧路駅を発着する根室本線も釧網《せんもう》本線も非電化です。最近、旅番組でバカなタレントが何でもかんでも『電車』と言ってますけどね」

用語に厳密なじゅん子さんから訂正が入る。

だが駅構内には生徒や学生の姿はなく待合室に座っているのは中高年や旅行者ばかりだ。

待合室の近くのカフェに『別海《べつかい》ソフトクリーム』の看板が出ている。道東は酪農の本場だ。きっと濃厚で美味《おい》しいに違いない！

そう思ったおれが買おうとしたら……なんと言うことか、ボスッという鈍い爆発音とともに目の前でマシンが壊れ、ソフトクリームが辺り一面に飛び散ってしまった。

「やっぱり今回のスカウトキャラバン、うまく行かないような気が……」

「ダメだよ、ネガティブになっちゃ」

待合室で燻《くすぶ》っているおれたちに、あや子さんが駅構内のお惣菜《そうざい》屋さんで、エゾシカの肉入りおにぎりを買ってきてくれた。

「これからどうします？」

じゅん子さんが訊き黒田は重い口を開いた。

「こうなったら仕切り直しや。ここから電車に乗って釧路湿原を越えると川湯《かわゆ》温泉ちゅう名湯がある。今夜の泊まりはそこや。そこで一晩考えようやないか。川湯温泉は屈斜路湖《くっしゃろこ》と阿寒湖《あかんこ》の観光拠点や。何か知っとる人がおるかもしれんぞ」

「食べようよ、エゾシカおにぎり。一時間もあるんだから……列車の時間まで」

「列車も本当は違います。一両編成ですから」

「なんて呼んだらいいの？　ワンマンカー？」

たしかに車掌さんの居ないワンマンカーで、運転席の後ろにはバスみたいに料金箱がある。

おにぎりとイカリングフライを食べ終わったおれたちは、そのワンマンカーに乗り込んだ。

「昔ワシが若かった頃、これに乗ったんや。そうしたら、真っ赤な夕陽《ゆうひ》をバックにタンチョウがやな、大雪原にポツンと一羽立っとってな。それがもう、あたかも絵ハガキのようにキマってってやな」

「それ、クロちゃんの幻覚か、記憶の美化ってヤツじゃないの？　ツルなんか、どこにもいないよ？」

たしかに湿原にタンチョウの姿はない。


大湿原の中を走る、一両だけの車両。

ススキのような枯れた草が雪原の中、一面に生えている。その合間を大小の川が流れ、葉を落とし雪化粧をほどこされた木々の林もところどころにある。

まさに、幻想的な、夢のような風景が車窓には広がっていた。

日本の湿原の六割が釧路湿原で、その一部はラムサール条約にも登録されており、釧網本線はその湿原を突っ切る、世界でも例を見ない鉄道なのだとじゅん子さんが解説していたその時。大きく汽笛が鳴り、急ブレーキがかかった。

「あっ！　シカだよ、シカ。それもあんなにたくさん」

あや子さんが歓声をあげ窓外を指さした。

そこには、線路ぎわの斜面を慌てて駆け上がる、五頭のエゾシカの群れがいた。

「レールの鉄を舐《な》めに線路に侵入するんです」

と、じゅん子さん。

「凄いすご〜い！　サファリじゃん。電車、じゃなくて……列車でもなくて、ええと、そうだ！　ＪＲに乗るだけで野生の生き物が観察できるんだよ？　すごくない？」

あや子さんは大喜びだが黒田は、運転士さんに同情的だ。

「こら運転士は難儀やで。整理券渡して、運賃回収するだけやのうて、シカまでが線路に侵入して来よる。まさか轢《ひ》いてまうワケにも行かんしな」

その後も車両はシカの群れに遭遇し続け、幾度かの減速と加速を繰り返したのちに、川湯温泉駅に到着した。

雪の中に伸びる線路の両側に、針葉樹林がどこまでも続く、夕暮れの景色。日本ではなく、まるで北欧かどこかのようだ。

「これとそっくりな景色を見たことがあるっすよ……あれだ、映画っすよ。あの映画にそっくり……」

アメリカの雪深い片田舎で殺人事件が起こり、それを小さな町の警察署長である女性が解決しようと奮闘する映画なのだが、タイトルが思い出せない。

この夜宿泊したホテルの関係者はもちろん、温泉街の他のホテルや旅館、民芸品を売るみやげ物屋などに行って聞き込みをしたけれど、やはりそんな美少女は誰も知らないと、全員が口を揃えた。

川湯温泉で一番安い宿の一番安いプランだったのに、お食事処《どころ》のテーブルにはかなり豪勢で食べきれないほどの料理が並び、黒田は気をよくして酒も進んだ。

「しかしやな」

酔ったせいか、黒田は声を潜めて秘密を暴露するような口調で切り出した。

「みんながみんな、口を揃えて知らんと言うのはおかしないか？　口裏を合わせとる可能性はないんか？　みんなであの子を隠しとるんとちゃうか？」

「ないでしょうね。本当に誰も知らないんですよ」

冷静なじゅん子さんに、黒田は黙った。

「さっき、改めてあの美少女の顔を画像検索してみましたけど、どこの学校にも引っかかりませんでした」

「ま、これは慰安旅行やと割り切るか。ほたら風呂入って屁《へ》こいて寝よか」

部屋は、黒田とあや子さんで一室、おれはじゅん子さんと同室だが、続き部屋ではなく次の間もなくて、ドアを開けたところにあるいわゆる「踏み込み」で寝るよう命じられた。

「じゅん子さんを襲ったりしませんって！」

「男はみんなそういうのです」

じゅん子さんは徹底的に男性不信のようだ。

「部屋の真ん中に毛布を吊って区切るのってどうですか？」

「ジェリコの壁？　飯倉くんがゲーブルさんほど紳士だという保証はないし」

にべもなく拒否されてしまった。

踏み込みは一畳ぶんのスペースがあり、なんとか布団は敷けたが、襖《ふすま》をピタリと閉められると暖房の温風が遮られて、寒い。

おれは大浴場に退避して、身体を温めてしのいだ。幸いお湯はとても熱くて豊富だ。

温泉地での捜索が無駄に終わった翌朝。

宿をチェックアウトしたおれたちは、駅でＪＲのディーゼルカーが来るのを待つことにした。

ここは無人駅で待合室には暖房もないが、運良くこの駅には不似合いなほどオシャレなカフェが併設されているので、おれたちは温かいコーヒーにありつけた。

旧駅長室を改造したカフェには、ツルやエゾシカ、キタキツネなどをかたどったステンドグラスや、綺麗《きれい》なタイルを側面に貼った鉄製のレトロな薪《まき》ストーブ、壁には北海道開拓時代の千島《ちしま》・樺太《からふと》の地図をアレンジしたデザインの、商船会社のポスターなどもある。

「ここは昔、天皇が休憩に使った場所なんですよ」

話し好きらしいマスターが、問わず語りにいろいろと教えてくれた。

「このあたりは、実は昔に文化が栄えていて、今では失われたオホーツク人の遺骨や遺物などが出土するんですよ。発掘調査されているのは全体の十分の一もありませんけどね」

「オホーツク人?」

聞き慣れない言葉に、じゅん子さんが反応した。

「先住民の縄文人や本州からやってきた和人と、そのオホーツク人が通婚して、それがアイヌとなったとも言われていますが、オホーツク人は消えてしまったんです。手掛かりは残っているのですが、謎が多いんです」

「以前に本で読んだんですけど」

　じゅん子さんが食いついた。

「日本人の遺伝子を調べると、北海道と沖縄に住んでいる人たちが意外にも近いと言われていますね。沖縄のユタと青森のイタコは語源が同じだとも言いますし」

　それにはマスターが喜んだ。

「ほう、よくごぞんじですね。アイヌ語で『語り』という意味のイタックも同じ語源だそうですよ。アイヌにも縄文系のシャーマン文化があります。シャーマンは今でも、そしてこの辺にもいます。アイヌ語でトゥスクルって言うんですが、失《な》くした物のありかとか、雪嵐になるかどうかとか、そういうことをたずねると良く当たります」

　北海道の冬は嵐になると飛行機が飛ばなくなることがあるので、旅行の日程を決める前に相談したりするのだ、とマスターは言った。

「力のあるトゥスクルになると、天候さえ左右すると言われていてね。まあ、都会から来た人がたは信じないだろうけれど、世の中、いろいろと不思議なことはあるもんですよ」

　話し好きでいろんな事を知っているこの人ならと、おれは、思わず訊いてしまった。

「あの、おれたち人探しをしてるんですけど、そのシャーマンさんにお願いしてみることはできないもんでしょうか？」

「人探し？　するよ。山の中に入っていって戻って来ない人の居場所を当てたこともあるしね。あんたらが探しているっていうのは、どんな人？」

じゅん子さんからタブレットを借りて、おれは、例の謎の美少女の動画を、画面に表示させてマスターに見せた。

「この女の子なんすけど」

「ほう……これまたえらく綺麗な子だねえ」

グラスを拭く手をとめたマスターは驚いたように言った。

「こういう、抜けるように色が白くて、彫りの深い顔立ちの子は、このあたりでは時々いるんだが、この子は……別格だね」

たしかに画面の中でステップを踏み、くるりと回ってカメラ目線になり、はにかんで微笑んでみせるその少女は、日本人離れした美貌とスタイルの良さだ。すんなりとした脚の長さといい、八頭身のプロポーションといい、これならパリコレのモデル、いやミス・ユニバースの日本代表にだってなれそうだ。

「頼んますわ。ワシら、どうしてもこの子を探さんといかんのですワ。はるばる北海道までやって来たんもそのためです。そのシャーマンだか拝み屋だか、占い師のお人を紹介してもらえまへんか？」

黒田がそう言った、まさにその時。

からん、とカフェの扉についていたカウベルが鳴った。

入口から光とともに風が、そして雪の粒が舞い込み、ダイヤモンドダストのようなものがきらきらと光った。

そこにおれたちが見たものは……。

長い黒髪をなびかせた、長身の、若い女性の姿だった。

「あ、あなたは……」

「この動画の人ですよね？」

色白で黒髪、ほっそりとした美少女が、おれたちの前に立っていた。

それはまさに、動画の美少女その人だった。

美少女は、おれたちの視線が集中しているのを意識してか、おずおずと近づいて、口を開いた。

声は……残念ながら、繊細ではかなげな美貌に似合わずあまり美声とはいえない。

いや、はっきり言って耳障りな声だった。

だが、これだけキレイですらりとした子なら、声の善《よ》し悪《あ》しなど問題ではないだろう。ボイストレーナーをつければ良いのだし……とおれは、早くも売り込みの段取りを考え始めていた。

「釧路で私を探していたのは皆さんですね？　私、アイドルになりたいんです」

＊

「釧路出身、製紙工場の撤退で親が失職し、高校中退を強いられてアイドルの世界に」

というプロフィールで売り出そう！　という方針が決まった。

まずは芸名を決めなくてはならない。

「釧路いうたら湿原や。湿原言うたらラムサール条約やんか。芸名はラムサール寧々《ねね》で行くデ。環境保護にも関心の深い、エコアイドル路線や」

ラムサール寧々を売り出すために、社長の室町がＩＴを駆使して完璧な戦略を立てた。

「彼女の美しさをまずグラビアで知らしめて、テレビに出して露出を増やす。歌は……ちょっと後回しにして、芝居もあとにして、イジリの巧《うま》いタレントに気に入られれば、いろんな番組に呼んで貰えます」

「よっしゃ！　さすがは室町大センセイや！　それでいこ。飯倉、お前は寧々ちゃんの鞄《かばん》持ちというか現場マネージャーや。あや子は専属スタイリスト、じゅん子は営業とスケジュール調整担当。それでガンガンいこうや！」


その並外れた美貌と日本人離れした、いや人間離れしたとさえ言える見事なプロポーション（BMIのありえない低さと、細いのにギスギスすることなく優雅な、まるで妖精のような曲線美！）で、ラムサール寧々（愛称ラムちゃん）はグラドルとしてあっという間に火がつき、すぐにテレビ出演が引きも切らなくなった。

ラムちゃんが画面に映っているだけで雰囲気が明るくなる。視聴者は、司会者や他の出演者ではなく、ラムちゃんを探すようになる。

「司会のおっさんはどうでもいい。ずーっとラムちゃんを撮《うつ》せ！」

「いっそラムちゃんを司会にしろ！」

「ラムちゃんだけが見たい！」

そんなメールや電話が殺到したが……おれたちはもちろん、テレビ番組の関係者にも、やがて判ったことがある。

ラムちゃんは、「天然すぎる」のだ。

仕事以外の日常会話からして、彼女と話しているとやりとりが嚙《か》み合わないことがしばしばあった。敬語が使えないとか漢字が読めないとか、そういうレベルではない。

例えば『芸能人ことわざ選手権』では……。

「えっ⁉　『マゴにも衣装』って……全然可愛らしくないお子さんにでもジジババはお金を出して、無駄に高いお洋服を着せるって意味ですよね？　ちっとも似合ってないのに」

「『犬も歩けば棒に当たる』ですか？　血も涙もない人たちが、可哀想なワンちゃんをぶん殴って殺処分する有様だと思います」

というくらいのことは平気で口走る。

一事が万事こんな感じで……まず、普通のやりとりができない。こっちの言うことを聞いていないのか、あるいは判らないのか上の空なのか、反応速度が常にワンテンポ遅れる。しかもピントの外れた、斜め上の答えを返してしまう。

もしかしてこのコには障害があるのでは？　とまでおれは思ったが、動体視力はいいし、誰よりも早くガス漏れを察知するし、スタジオを出た時にファンと称する男が突進してきたときにも驚くほど身軽に動いて、その男をかわした。その動きはジャッキー・チェンもビックリするくらいに機敏だった。

「ラムちゃんは、アクションスターにした方が良くないですか？　第二の志穂美悦子《しほみえつこ》、的な……」

「あかん。役者はワリが悪いデ。タレントとしてバラエティに出した方がリツがエエ」

「けど、ラムちゃんの喋《しゃべ》りは危なっかしくて、スタジオでいつもハラハラするんですけど」

「そのへんは、マネージャーのお前がしっかりフォローせんかい！」

おれの意見具申を黒田は言下に却下したが、問題はそれだけではない。バラエティ番組で「地方の名産ご試食コーナー」とか「お店自慢のこの逸品」のようなコーナーで、食べ物が出て来ると、ラムちゃんは後先を考えずにガツガツと食べてしまう。もちろん、朝ご飯も昼ご飯も夕ご飯もきちんと食べさせているし、どれだけスケジュールがキツくても、食事を抜くことは絶対にないから、空腹であるはずがないのに……。

普通はメインの出演者が最初に食べて「美味しい～！」などと言うのを待ってサブの出演者が順番に食べていって言葉を拾うのに、ラムちゃんは食べ物がワゴンに乗って運ばれてきた瞬間に手を出してしまうのだ。

「ラムちゃん、食べっぷりイイネ～！　ラムちゃんにお弁当十コくらいあげて！」

ＭＣに冷やかされると彼女は顔を真っ赤にして照れる。

だが人気上昇中の勢いというものは恐ろしい。普通ならネットで叩《たた》かれそうなこんな不作法も、「ラムちゃん可愛い！」と好意的に受け取られて、全面的にスルーされた。

それどころか、美少女ならではの格好つけをまるでしない「自然体の、欲望に素直な態度」が好感を呼んで、食べ歩き番組に呼ばれることが増えてしまった。

「ラムちゃん。食べたいのは判るけど……メインの人を立てなきゃダメだよ」

「どうして？」

澄んだ瞳で真《ま》っ直《す》ぐに見つめられて小首を傾《かし》げられると、おれはもうメロメロになってしまって、それ以上キツい事は言えなくなってしまう。

かと言って、大食いというわけでもない。彼女の食べっぷりを見込まれて、大食い番組に呼ばれたのだが、ラムちゃんは食べたいだけ食べると、ピタリとフォークを操る手を止め、あとは黙って静止してしまった。

それはまあ、いいとして……。

彼女の不作法は、食べ方にもあった。

待てない以上に、ガツガツ食べるのが見苦しいのだ。

有名な美人女優がリスみたいに食べ物で頬を膨らませたのが批判されたり、演技派男優の箸の持ち方が酷《ひど》かったり、有名司会者がクチャラーだったりと、食べ方に問題がある場合、とかくいろいろ言われてしまう。

ラムちゃんも、「食べたい気持ち優先なのは自然体だけど、食べ方に品がない」と言われ始めてしまった。

おれとじゅん子さんは、食べ物系の番組を断ることを黒田と室町に進言した。

「バラエティの場合、ネットの評判が悪いと出演できなくなることが多いようですから、そうなる前に止《や》めましょう」

室町もおれたちの意見具申に理解を示し、黒田も「お前らがそういうなら」と折れた。

しかしそうなると、スタジオでニコニコしているだけでは先がない。どうしても

「トーク力」が求められる。番組的にも「がっつり食いのラムちゃん」から方向転換するには、他の出演者との掛け合いの面白さが、どうしても必要だ。

「彼女はアドリブがまったく出来ないので、台本に書いてくださいよ」

おれはマネージャーとしてディレクターにお願いをしたが、鼻で笑われてしまった。

「だってそれは無理でしょ。フリートークなんだから台本に何をいくら書き込んでも、その通りになんて絶対、展開しないから」

もっともな話なのでおれは本番中、祈るような気持ちでスタジオの隅から様子を見ているしかなかったのだが……。

ラムちゃんは、基本的にウソがつけない。ホンネしか口にしない。だから……大御所タレントが面白くもないことを言って他の出演者がおもねり笑いをして盛り上げた瞬間、ただひとりだけ表情を変えず、小声ではあるが「ツマンネ」と呟《つぶや》いてしまった。

生放送だったのでカットも出来ず、放送終了後、おれはディレクターやプロデューサーに激怒され、ツマらないギャグを飛ばした大御所タレントにも平謝りに謝った。

だが……。

ラムちゃんとともに帰ろうとしたところで破顔一笑したプロデューサーが飛んできた。慌ててもう一度謝るおれ。

「返す返すも申し訳ありません！　以後、発言には気をつけますので！」

「いいのいいの。さっきはごめん」

プロデューサーは手を大きく横に振った。

「ラムちゃんの本音が大ブレイクだ。これからも、この調子でどーんとやって。こっちこそ余計なこと言っちゃってゴメンね！」

掌《てのひら》を返すとはこのことだ。聞けば、本番終了後、「よくぞ言ってくれました！」「バラエティでまで忖度《そんたく》は見たくなかったからあれでいい」「捨て台詞《ぜりふ》、キレッキレ！」「本音のラムちゃん最高！」と大好評の電話が殺到し、ネットでも「神回だった」と大盛り上がりになったらしい。

それからというもの、ラムちゃんのピンマイクは常にボリュームが上げられ、彼女の呟きはすべて拾われて、その表情もワイプで抜かれて、あたかも面白さを測定するセンサーのような扱いになった。

「あ、こんなスベりギャグ言ったらラムちゃんに叱られるな～！」

とタレントたちが口を揃え、彼女の「本音の呟き」は番組の名物になって「ツマンネ」とか「バカみたい」などと言われたがるタレントまで現れた。勢いというものは恐ろしい。

かと思えば、彼女はある特定の事柄に関してのみ、突然過剰に反応してキレたりする。スタッフには当初その法則が読めず、想定外の展開に右往左往することになった。

「アンダーコントロール？　嘘《うそ》ついちゃダメでしょ」とか「遺伝子組み換え？　フランケンシュタイン野菜キモくないですか？」などと一言のもとに切って捨てるラムちゃん。

環境関連の話題に反応するのは芸名からも当然として、動物関連のトピックも鬼門だった。「たくさんの牛さんや豚さんやニワトリさんを殺すなんてホロコーストみたい」とか「海で自由に泳いでいるイルカさんたちを、いきなりつかまえて閉じ込めるなんてひどい」などと大炎上必至の発言が連発されることになった。

「ラムサール寧々だって肉を食ってたくせに」「水族館関係者に失礼だ。謝れ！」「何が『ひどい』のか根拠をきちんと示せ」「対案を出せ」と反論されても彼女はうまく言い返せないので、「深く考えていない」「思い付き発言ばっかり」と余計に批判された。

「湿原アイドル」のラムサール寧々として売り出されたラムちゃんだが、あまりに炎上が多いので、ついに「これがホントの『失言アイドル』」とまで言われるようになってしまった。

だがしかし。

またしても、視聴者の好みは気まぐれだ。頻繁に炎上しても、それを面白がるネット民も増えて、あっという間に、今度は「炎上タレント」としてバラエティのひな壇を飾る常連となってしまった。

事態の展開の速さにはマネージャーのおれも目が回るほどだ。テレビの世界は時間が経つのが早い。ついて行くのがやっとだ。

ひな壇番組では、司会者がタイミングをみてラムちゃんに話題を振り、ワザと失言を引き出しては全員でどっと笑うパターンが定着した。

ラムちゃん自身は、なぜスタジオが沸いているのか理解できない様子だが、ネットには「ラムちゃんが可哀想だよ！」という声も数多く書き込まれるようになっていた。

「みんなで笑いものにしてるじゃん？　集団リンチじゃん。クラスのイジメと同じじゃん!」

あや子さんもそう言って怒り、楽屋でラムちゃんに「大丈夫? 腹が立ったら怒っていいんだからね!」とアドバイスしたが、彼女自身は「怒る? 何をですか」と全然状況を理解している様子がない。

黒田も「アイドルはいじられてなんぼや。本人も納得しとるんやから、それでエやないか」と、まったく意に介していない。

じゅん子さんだけが冷静に状況を見ていた。

「良くありません。ネットでもあれはイジメだという声が出始めています。対策をとりましょう」

じゅん子さんが考えた対策とは、番組の途中で話題を振られたラムちゃんが、カメラに向かってフリップを出すというものだった。そこには例えば湿原の保護を目的とした署名やクラウドファンディングの情報が書かれていて、それが視聴者に提供される。

「ラムちゃんが咄嗟《とっさ》に言い返せなくても、こうしてフリップを見せれば、何も考えていない! と叩かれることはなくなります」

じゅん子さんのその策が功を奏したものか炎上は減り、ラムちゃんの人気は安定した。ちょっとピンボケの発言にも癒されるという声が多く、バラエティやＣＭ、さまざまなイベントへのオファーが殺到した。

「交通整理の必要がありますね。ギャラの安い仕事は断りましょう」

じゅん子さんの提案に、しかし黒田は「いいや」と首を横に振った。

「全部引き受けるんや！　完全にかち合《お》うても、相手さんに交渉して途中参加とか中途退席とか、そういう手を使《つこ》うてやり繰りすればなんとでもなるやろ」

ダブルブッキングした狂言師がヘリを使って移動した話、レコード大賞の会場から紅白の会場にパトカーの先導で急いだという昔話、或《あ》るいは深夜までスタジオにいて寝る時間もなかったタレントのエピソードなど、黒田はさまざまな事例を挙げてラムちゃん、こと寧々さんをコキ使うことを正当化しようとした。

「駄目っすよ社長、それは。ラムちゃんはあんなに細くて体力も無さそうなんだから、こっちがそこを配慮してあげなければ」

「そうだよ！　飯倉くんの言う通りだよ！　実際、ラムちゃんはますます痩せてきたし、もともと白かった顔色がますます白くなってるじゃん！」

「そうですよ！」

現場付きマネージャーとしておれも、これを認めるわけにはいかない。

「あの細さと窶《やつ》れっぷりは、もはや人間離れしてると言っても過言ではありません」

「飯倉、お前」

おれにだけは強く出る黒田は、いきなりスパーンとおれの頭をはたいた。

「口答えすな！　エエねんエエねん。ラム、ちゅうか寧々本人が、いくらでも働きたい、ご恩返しをしたい言うてるねんから。わしが言うとるんちゃうで。本人がやで」

「ホンマでっか？」

と、ついついおれも大阪弁になってしまったが、しかしラムちゃん、こと寧々さんが「恩返し」というのは変じゃないのか？　おれたちは寧々さんを道東まで探しに行ってスカウトしただけで、今や彼女のギャラで食っているのはおれたちなのだ。恩があると言うなら、むしろおれたちのほうなのに。

「寧々さん、疲れてないっすか？　もしも辛《つら》かったら、遠慮無くそう言ってくださいね」

テレビ局の控え室でグッタリしているラムちゃん、こと寧々さんに、おれは声をかけた。

「そうだよ。遠慮なんかしなくていいんだからね！」

メイク担当のあや子さんも同調してくれた。

「あの……大丈夫です。こうして、みなさんのお役に立てているのが私、嬉《うれ》しいんです」

「あなたねえ、妙に義理堅かったり古風だったりするけど、そんなのいいんだからね」

あや子さんは本気で心配している。

「芸能界なんて薄情なところなんだから、人気が落ちた途端に掌返しだよ。だから、あなたももっとワガママになってもいいんだよ。大人しくしてると奴《やつ》らはいくらでも図に乗ってくるんだからね！」

「そうだそうですそのとおり」

首がもげるほどおれも同意したが、寧々さんは黙ったままだった。

事態が急変した。

ラムちゃんこと寧々さんが、生番組でいつものように自然保護的な発言をした。

同席したタレントも特に突っ込まなかったし、スタッフも「多少スベったかな？」

と言う程度の顔だった。

現場に居たおれも、その時はまったく何の問題にもならないと思っていた。

ところが、その発言「辺野古《へのこ》のサンゴを殺さないで!」は大問題になってしまった。

放送終了直後からテレビ局には「馬鹿タレントに政治的発言を許すな!」という抗議の電話が殺到し始めたのだ。

ネットも「馬鹿タレントの分際で!」「何様のつもりだ?」「影響力が強いのに考えが浅すぎ」「海がキレイは馬鹿でも言える」「おれがスポンサーならCMを降ろす」という批判や罵倒で埋め尽くされた。

ラムちゃんを庇《かば》ったご意見番的タレントまでが「お前も一緒に芸能界から追放だ!」と攻撃され、その騒ぎはスポーツ新聞やワイドショーにも取り上げられて、前例を見ないほどの大炎上になってしまった。

たった一言、いつもと同じようなことを言っただけなのに、スケジュールは次々にキャンセルされ、予定されていたCMの撮影も契約自体が打ち切りになった。既にCMに出演していた企業には、あのタレントを降板させないと不買運動をしてやる! という嫌がらせの電話が殺到した。

「なんやいったいこの騒ぎは？」

人気絶頂からキャンセル続出でスケジュールが一気に真っ白になるという、天国から地獄への急降下に黒田は戸惑い、事態の急変がまるで理解出来ていない様子だ。

「寧々が不倫でもしたか？　人でも殺したか？　詐欺でも働いたんか？　おかしいやないか。なんやこれ。おい飯倉、お前、局に行って文句言うてこい！　じゅん子も行って相手を論破してやれ！」

黒田は、沈黙を守っている社長の室町にも怒りの矛先を向けた。

「おい社長！　あんたも怒らんかい！　クールを気取っとってもメシは食われへんで！」

「いや会長。この件はもしかすると、考えている以上に深刻ですよ。さる筋の虎の尾を踏んでしまったのかも……」

「なんやそれ？」

黒田はさらに腹を立てた。

「ワシはええ。ワシはエエけど、アホなコイツらが判るように言うてんか」

本当は黒田が一番判っていないのだ。

「つまりですね、影響力のあるラムちゃんに辺野古の件を触れられると一番困る人たちが……」

室町が説明を始めようとしたとき、事務所のドアが激しくノックされ、返事も待たずにダークスーツの男が二人、入って来た。

「黒田さん、いますか？」

自分たちは一切名乗らず、警官のように身分証も見せず、黒田が立ち上がると無言のまま肩を掴《つか》んで、奥の部屋に連れて行った。

「アレなに？　ゲシュタポ？　ＫＧＢ？」

「どうしてあの連中、ウチに奥の部屋があると知ってるんです？」

おれはじゅん子さんに訊いたが、さすがのじゅん子さんも首を傾げるだけだ。

室町は沈痛な表情を浮かべた。

「僕の、悪い予感が的中してしまった……」

事務所は、少しの物音も立ててはいけない雰囲気に支配されていた。奥の部屋からは、特に何も聞こえてこない。キレた黒田が相手を殴る音も、殴り返される音も、怒声も罵声もまったく聞こえてこない。

「もしかして……」

おれたちは顔を見合わせた。

サイレンサー付きのピストルで撃ち殺された？　サバイバルナイフで一突きに刺し殺された？　スタンガンみたいなやつの電気ショックで殺された？

不穏な成り行きしか思いつかない。

三十分くらい経ったろうか？

ようやく奥の部屋のドアが開き、ダークスーツの男二人は、「では」と短く言って帰っていった。

残された黒田の顔面は蒼白《そうはく》だ。こんなにビビッている黒田を、おれは初めて見た。

「寧々はどこや？」

その声は震えている。物凄く恐ろしい拷問でも受けたのだろうか？　黒田をここまで怖がらせる拷問が、この世にあるのか？

「寧々さんは、今日は久々のオフで、自宅にいます」

「今すぐ呼び出してんか。ここに来い言うて」

寧々さん、ことラムちゃんには、会社がマンションを用意している。最初はウィークリーマンションだったのが、売れていくごとに部屋のグレードが上がって、今は二十四時間対応のコンシェルジュが常駐する１ＬＤＫの超高級マンションにいる。ドケチな黒田にしては大盤振る舞いだ。黒田にしても、唯一の稼ぐタレントをそれだけ大事にしているのだ。

寧々さんは、本郷《ほんごう》にある超高級マンションから、あっという間にやってきた。なんだか疲れている様子で顔色が良くない。

「悪いんやけど」

黒田は、寧々さんに、諭すように言った。

「ホンマに悪いんやけどサンゴの件、謝罪してんか。記者会見セットするよって。アイドルの分際で政治的発言して申し訳ありませんでしたって、ちょっと頭下げれば済むことや」

寧々さんは表情を変えずに、黒い瞳で黒田をじっと見ていた。

相変わらずぼーっとして、何を言われたのか咄嗟には判らない様子だ。

だが黒田の言葉を聞いた瞬間、激怒したのは寧々さんではなく、じゅん子さんだった。

「謝罪？　何を言うんですか？　これは発言封じでしょう？　言論の自由の圧殺に手を貸すつもりですか？」

「そういうキツい言葉使うなや。なんかの活動家と間違われるで」

黒田は力なくいなした。

「じゅん子。お前が怒るやろ言うことは当然判っとった。けどあいつらの正体は『官邸ポリス』やねん。日本の警察組織の情報を全部吸い上げて、常に官邸に有利になるよう利用しとる。極秘情報をリークするのんも闇に封じるのんも、そのタイミングも、何もかもあいつらの胸三寸や。正直、気色悪い」

公文書改竄《かいざん》に抗議して自殺した公務員の遺書を真っ先に押収したのも官邸ポリス、その遺書を財務省の高級官僚に見せて詰め腹を切らせたのも官邸ポリス、政権の提灯《ちょうちん》持ちをしていた御用ジャーナリストが準強姦《ごうかん》罪で逮捕されなかったのも「全部あいつらの仕業」やと、顔色の悪い黒田は語り続けた。

「言うたらあの人らは日本中の人間の生殺与奪の権を握っとんねん。零細なウチの事務所なんぞ、ひとひねりやで。ワシらを始末するのなんかお茶の子さいさいや！」

「しかし社長……いや会長！　会長はまさか、凄い弱みを官邸ポリスに握られているのでは……」

そう言いかけたじゅん子さんは、黒田の顔を見て絶句した。

「……握られてるんですね」

「正直、その通りや。ワシは、今はカタギやけど前は道頓堀《どうとんぼり》でブイブイ言わせとった男や。叩けばいくらでも埃《ほこり》は出るワイ。東京に来て、探偵社を始めてからもや、この飯倉がドジ踏むたんびに、ワシの『ヤバいポイント』は上がる一方や」

「そんな……ひどいよ」

あや子さんは半泣きになって、言った。

「心にもない謝罪をさせられるなんて、寧々ちゃんが可哀想じゃん」

おれもやりきれない気持ちになったが、なにしろ相手は「官邸」だ。読んだことはないが、カフカの『城』みたいなものではないのか？　正体が判らないだけに一層不気味だ。そんな不気味なモノとは絶対にかかわりたくない。

「話は終わりですか？　もう帰っていいですか？」

寧々さんが立ち上がったので、おれは送っていくことにした。なんだか元気がなさそうで、ふらついているように見える。毎日現場で付いているから、おれには彼女の変化はよく判る。

「なんか、大人の都合で振り回してるよね。黒田もテレビ局もみんな、寧々さんの事なんか考えてない……」

おれは彼女を慰めながらタクシーに乗って、彼女をマンションまで送った。

建物のエントランスに入っていく寧々さんを見送って帰ろうとしたら、「部屋まで送って」と言ってきた。こんなこと、今までなかった。

相当疲れているんだろう、心労がすごいと思ったので、おれは二つ返事で彼女と一緒にエントランスを通り、エレベーターに乗った。

ゴンドラのドアが閉まると、寧々さんはおれにひしと抱きついてきた。

「え？」

「……ちょっと、怖《こわ》くて」

それはそうだろう。今の状況は、世界中がみんな敵になったように感じてもおかしくないもの。

部屋に着いてドアを開け、マネージャーとして寧々さんをきちんと送り届けるおれの任務は完了した。

「じゃあ、また明日……明日は記者会見だから気が重いと思うけど……」

そう言って帰ろうとしたおれの腕を、寧々さんは摑んで離さない。

「ね、少し、一緒にいて欲しいの」

マネージャーとしては、担当するタレントの心のケアをする必要がある。

彼女に腕を摑まれたまま、部屋に上がった。

美少女の部屋だから、さぞ可愛いグッズに満たされているだろうと思いきや……部屋の中にはベッドしかない。ゴミ一つ落ちていない清潔そのものな部屋だけど、病室のように生活感が一切無い。むしろ、部屋が広い分、荒涼とした感じすらある。

気がつくと寧々さんの顔がすぐ近くにあった。

もちろん、裏方がタレントに手を出すのは御法度だ。だけど……今は彼女が離してくれない。

寧々さんはおれにひしと抱きついてきて、そのままベッドに倒れ込んだ。

こんな美少女とこんな事になったら……健全な男として、拒むことが出来るだろうか？　いや、そんなこと出来るはずがない。

彼女はさっさと服を脱いで、急《せ》かすようにおれを見つめた。なんだかすごく即物的だ。肌を晒《さら》すことに恥じらいとか焦《じ》らしとかがまったくない。

もしかして寧々さんは、ただ行為をしたいだけなのか？

「飯倉さんのことは好きよ。だからしたいの」

おれの気持ちを察してか、彼女はそう言ってくれた。ならば……。

おれも服を脱いで、彼女の裸身に手を延ばした。

まさに純白といえる白い肌。滑らかできめ細かなその手ざわり。そして、均整の取れたプロポーション。

世のラムちゃんファンが見たくても見られない彼女の一糸まとわぬ姿を、おれは今見ているんだぞ！

そう思うと、異様に興奮して脳味噌《のうみそ》が沸騰してしまった。

そのまま慌ただしく，という感じで交わったのだが……何故《なぜ》だか、物凄いタブーを犯しているような，そんな感じがした。

宝石のように高貴で美しいものを、おれのような者が蹂躙《じゅうりん》している……と言うと、卑下しすぎだろうか？

だけど、寧々さんの裸身には人間離れした、神々しさすら感じてしまうのだ。

「私のこと嫌い？」

「そんなこと……そんなことないよ！」

そう答えると、寧々さんは「嬉しい」と言って両手でおれを抱きしめてくれた。

それに感激して、たまらずに暴発してしまった……。


「たまには羽根を伸ばしたら？」

コトが終わってから、おれは彼女に話しかけた。

「東京に出てきてから，ずっと仕事でしょう？　少し遊んでみればいいのに。いろいろ案内するけど」

「羽根を伸ばす……そうね」

彼女はそう呟いた。

*

秋葉原のアパパホテルの大会議室。

ここで失言アイドル・ラムサール寧々の謝罪記者会見が行われることになった。

会場にはなぜか金屏風《きんびょうぶ》が用意され、それをバックに、寧々さんを含む我々五人が座った。

「え〜では、これより、ラムサール寧々の謝罪記者会見を始めさせて戴きます。皆様におかれましては、お忙しいところご足労願いまして、申し訳ありませんでした」

司会は室町大センセイだ。

「この度は、申し訳ありませんでした」

と、寧々さんが立ち上がってお辞儀すると、カシャカシャというシャッター音と派手に明滅するストロボの嵐になった。

おれたちも立ち上がって一緒になってアタマを九十度下げた。

誰かが考案して定着してしまった日本式の、テンプレ通りの謝罪会見。これがないと納得しないマスコミというものも不思議だ。どうして「九十度頭を下げる」というカタチに拘《こだわ》るのだろう？　日本人はこういう「お作法」が大好きだ。

「わたくしの至らない発言のせいで世間をお騒がせしてしまったことを、心からお詫《わ》びしたいと思います。申し訳ありませんでした！」

世間を騒がせることの、一体何が悪いのだろう？　まあ、世間様というモノは、とりあえず謝っておけば収まるという、見方によってはチョロいものなんだろう。

シャッター音が収まり、ストロボも焚《た》かれなくなって、おれたちは着席した。

ここまではつつがなく進行した。が。

そのあとの質疑応答で、失言アイドル・ラムサール寧々は再び墓穴を掘ってしまった。

「寧々さんには以前から、発言が軽い・薄っぺらだ、思い付きだけで口にしているという批判がありますが」

記者から質問が飛んだ。

こういう記者会見は、段取りが組まれている。どの社の記者が何を訊くか、順番まで事前に調整されているし、それへの回答も事前に用意されている。だから、この謝罪会見は「儀式」でしかないのだ。

「わたくしの発言が軽い、軽はずみだ、というご批判については承知しています。今後は謙虚に発言しようと思います」

そう言って寧々さんは頭を下げ、我々も再び頭を下げた。そう。頭を下げていればいいのだし、頭を下げるのはタダだ。

「だけど」

突然、寧々さんは予定にないことを口にし始めた。

「赤土に生き埋めにされて窒息死する、可哀想なサンゴを助けてっていうことの、一体、どこがいけなかったんでしょうか?」

途端に会場はザワついた。

「すみません皆様。これは決して皆様に対する疑問でも反論でもなく……ただ単に、自然を愛するエコ・アイドル、ラムサール寧々の、素朴な感想にすぎないものなので……」

じゅん子さんが慌ててフォローに入ったが、時既に遅し。

「どういうことだよ? なぜ謝ったのか、あんたは全然理解していないじゃないか！」

一人の記者が怒号をあげた。

「おれたちを集めておいてふざけるな！」

「舐めてるんじゃないのか？」

「アンタが言ってることは全然変わってない。前と同じだ。ってことは、ナニ？　アンタはまるで謝る気もないのに、金屏風の前で頭を下げたって事か？　そもそも謝る気がなかったのは、自分の発言は間違っていないと思ったからなのか？」

口々に問い詰められた寧々は、「そうです」と言ったっきり、黙ってしまった。

＊

「寧々、お前はなんちゅうことをしてくれたんや！　ワシらはこれでオシマイやで」

事務所に戻った黒田は芝居がかった仕草で頭を抱えた。

「あああ、ホンマに空気の読めへんアホなタレントをスカウトしてしもたワ。お前がワシらの前に現れた、あの日とあのカフェを死ぬまで呪うデ、ワシは」

すべてを寧々さんに押しつけようとする卑怯《ひきょう》陰険な黒田の態度に、おれはムカついた。

「……そこまで言わなくても」

と言おうとしたが、先にキレたのはじゅん子さんだった。

「なんてことを言うんですか！　寧々さんは何も悪くないでしょう？」

「なんでや。こないな最悪な事があるかい！　謝罪会見の場で、謝罪する気もないのに頭を下げただけちゅうことがバレたんやぞ。すべて茶番やちゅうことがバレてしもたやないかい！　ネットを見るのが怖いわ！」

「残念ながらその通りです。大変なことになってますよ、ネットでは既に」

パソコンの画面を見ていた室町が報告した。

「毎度おなじみ『女叩き大好き』な連中が、寧々さんを標的にして、嬉々《きき》として書きまくっています。これは当分収まりませんね」

とかく「女がモノを言う」のが気に入らない連中は、相手が女性タレントであれ女性歌手であれ女性評論家や女性コメンテーターであれ、事あるごとに必ず槍玉《やりだま》にあげて叩きまくるのだが、寧々さんはそいつらに格好の材料を提供してしまったのだ。

室町は空気が読めないのか、或いは事実を伝えることに固執しているのか、傷口に塩をすり込むようなことを言い続けた。

「このままだとＣＭはすべて打ち切りになり、テレビもすべて降板、叩かれ続けてホトボリが冷めた頃には、忘れられてるでしょうね」

「ちょっと室町くん。あんたも空気読みなよ。言い方に気をつけたらどうよ？」

突っかかるあや子さんに室町くんは冷静に返す。

「は？　僕は事実を言っているだけですよ。こういう時は、現実を直視しなければ」

「あーもう！　室町、あんたムカつく」

勝手なこと言ってんじゃねえよ！　とあや子さんは室町くんの頭から、飲み掛けの熱いコーヒーをぶちまけた。

「うわ！　あちチッ！　これは暴力だ！」

あや子さんと室町が揉《も》め黒田が頭を抱え、じゅん子さんが必死に善後策を考えている……そんな阿《あ》鼻叫喚《びきょうかん》のありさまを見た寧々さんは、ふらふらと立ち上がった。

ただでさえ色白の顔が、蒼白になっている。

ずっと過密なスケジュールが続いて過労気味だったところに、さらにこのダメージを受けたのだ。

寧々さんは大丈夫だろうか？

心配になったおれが彼女のところに駆け寄った、その時。

寧々さんは、崩れ落ちるように、倒れた。

「だっ大丈夫っすか？」

おれは慌てて彼女を抱きかかえ、あや子さんやじゅん子さんの手も借りて、寧々さんを事務所のソファに寝かせた。

「寧々ちゃんゴメンね。おっさんたちが好き勝手言って……みんな、寧々ちゃんに食べさせて貰ってるのに……」

あや子さんは涙ながらに彼女を撫《な》でた。

寧々さんは、目を閉じて、静かに寝息を立て始めた。相当疲れていたのだろう。

「また空気を読まないと言われそうですが」

と、室町が声を上げた。

「ネットで更なる問題が」

室町は、じゅん子さんを自分のパソコンの前に手招きした。

「僕が何か言うとまたコーヒーをぶっかけられるので……ちょっとこれを見てくだ

さい」

呼ばれたじゅん子さんは、室町のパソコン画面に見入り、次の瞬間、ひっ、と悲鳴のような音を立てて息を吸い込んだ。

「大変です！」

じゅん子さんの顔色も変わっている。

「寧々さんの動画が……それもひどい」

思わずおれも室町の席に走り、その動画を見てしまった。

「何だこれは……ひどすぎる……」

おれはそれ以上の言葉を失った。

寧々さんが、暴漢に犯されている。

どこかよく判らない場所で、三人がかりで押さえ込まれて、レイプされているのだ。

「アイツらはタイミングを見計らったのよ！　弱った寧々さんにトドメを刺そうと、今、流したのに違いないわ！　最低最悪のクソ野郎どもね！」

じゅん子さんの目は怒りに燃えている。

「これ、凄い勢いで拡散してますよ。タチの悪いネットニュースにも取り上げられてしまったし……」

凌辱《りょうじょく》されている寧々さんの顔には、諦めの表情が浮かんでいた。レイプされる事への諦めではなく、そういうことをする男への諦めのような、諦観というか、そんな感じが伝わってきて……おれは正視出来なかった。

しかし、これは何時《いつ》のことなんだ？

自分のスマホでその映像を確認した黒田も唸《うな》り声を上げた。

「これは……なんちゅうこっちゃ……」

その時、寧々さんが目を覚ました。

「あ、寧々ちゃん、な、なんでもないからね」

芝居がヘタクソなあや子さんが慌てて取り繕ったが、寧々さんは小さく頷いた。

「……判っています。私が恥ずかしいことをされている動画ですよね？」

「これ……本当の事なの？」

恐る恐る訊くあや子さんに、寧々さんは頷いた。

「少し前の事です」

「えっ！」

思わず声が出てしまった。そういうことがあったから、彼女はおれに……。

毎日会っているおれが、どうして気づいてあげられなかったのだろう。というか、どうして守れなかったんだろう！

「どうして言ってくれなかったの？　きっちりオトシマエをつけるのに」

憤りを隠せないじゅん子さんに、寧々さんは静かに言った。

「みなさんに心配かけたくなかったし、済んでしまったことですし、私さえ我慢すれば、丸く収まることだと思ったので……」

「あかんあかんあかん！」

声を荒げて黒田が喚《わめ》いた。

「いつのことや？　こういうことがあったんやったら、いの一番に言わんかい。こんな動画が拡散してもうたら、もう手遅れや」

黒田は寧々さんを心配しているのではない。さらなる炎上を恐れているのだ。

そんな黒田は、事務所の中を歩き回りながら怒鳴り続けた。

「寧々、お前は、どんだけワシに迷惑かけたら気が済むねん？　どアホなタレントを抱えた芸能事務所はホンマ可哀想や！　何もかもワヤやがな！　あ〜あ〜あ〜、もう、あほくさ！　あほくさすぎて屁も出んわ！」

怒りに顔を紅潮させたじゅん子さんが何か言うより早く、おれは黒田の前に立ち塞がっていた。

「会長、その言い方はないと思います！」

「うるさいワ。飯倉の分際でワシに楯突《たてつ》くんか！　お前は黙っとけ！」

黒田は苛立《いらだ》ちをおれへの鉄拳でごまかした。

ゴツンと言う音と衝撃があって、おれは床に転がった。

「ちょっとクロちゃん、何やってんのよ！　飯倉くんの言うとおりだよ。一番可哀想なのは寧々ちゃんじゃん！」

あや子さんも怒りの声を上げる。

じゅん子さんも、キッパリとした口調で、言った。

「もう限界です。今日限り、ここを辞めさせていただきます」

そう言いながら段ボール箱にデスク周りの私物を詰め始めた。

「このパソコンは、あとから業者に運ばせます。それまで絶対に手を触れないで。判ったわね！　勝手に触ったらブッコロス！」

じゅん子さんはそう言うと、黒田を睨《にら》みつけた。

「ちょ……ちょ待てよ」

こんな時にキムタクの物まねをしている場合ではないのに、黒田はやってしまった。

「じゅん子まで何を言うんや。こんなアホなタレントのためにお前まで辞めることはない」

「イイエ！　こんなアホ上司の下でこれ以上働きたくないんです！」

睨み合う二人の間に、寧々さんが割って入った。

「皆さん、何もかも私が悪いんです。ほんとうに……本当にごめんなさい」

どういうわけか寧々さんが謝っている。

「あなたが謝る必要なんかないのよ！」

叫ぶじゅん子さんに、寧々さんは消え入るような声で哀願した。

「じゅん子さん、どうか辞めないでください。私がここを辞めますから」

寧々さんは、ひどく悲しそうだ。

「私は、会長さんの喜ぶ顔がみたくて、会長さんが喜ぶ顔が嬉しかったから、どんなに疲れていても、眠くても、全部のお仕事を受けてきました。虐《いじ》められていた私に、会長さんが優しくしてくれたから」

何の報いも望まずに、と寧々さんは言った。

虐められていた私？　なんのことだ？

「会長さんは私と同じ世界にいる人だと思ったのに……。でもそうじゃなかったんですね。サンゴを殺す人たち、そして湿原を潰してお金に変える、あの、怖い人たちと同じだったんですね。それが、なにより悲しいんです」

寧々さんはそう言い終わると、うな垂れたまま事務所の扉を開け、後ろ手に閉めた。

ドア越しに、ばささささという鳥の羽ばたきのようなものを、おれは聞いたような気がした。いや……確かに聞いた。

ひどく悪い予感がしたおれは、すぐにドアに駆け寄り、寧々さんの後を追おうとした。

「やめとけ飯倉。一人で好きなだけ悲劇のヒロインに浸らせたったらエエわ。アホに何言うても判らへんのや」

黒田の声が背中から聞こえたが、ドアを開けたおれの目の前に伸びる廊下には、誰もいなかった。

おかしい。この雑居ビルの廊下はそんなに短くない。ここまでの短時間で階段にもエレベーターにも、たどり着ける筈《はず》がないのだ。姿を隠せるような場所もない。

湿原アイドル「ラムサール寧々」は、それっきり、そして永遠に消えてしまった。

＊

寧々さんが行方不明になって、我がブラックフィールド芸能エージェンシーは零細事務所に逆戻りした。

不幸中の幸いは、すべての契約が寧々さんの「政治的発言」の時点で「先方の都合」により解除されていたため、違約金がほとんど発生しなかったことだけだ。

「判るか？　ワシは泣いて馬謖《ばしょく》を斬ったんや」

黒田がまた妙な事を言いだした。

「あの子が無理をしてたんはワシが一番よう判っとった。せやけど仕事をセーブせえ言うても聞くようなコやなかった。そこにあの事件や。あの子はずいぶん無理をしとったから、あえてワシがああいう事を言うて、あの子を自由にしてやったんや。あの時、一番悲しかったんはワシやで！」

そう言った瞬間、じゅん子さんの正拳突きが黒田の顔面中央に炸裂《さくれつ》し、袋田《ふくろだ》の滝ほどの鼻血が噴出した。

何もかも終わってから数週間後。

来客すらなくなったウチの事務所に、乳飲み子を抱えた、網走市在住というシングルマザーが訪ねてきた。

「ラムサール寧々がスカウトされるキッカケになった動画の件なんですけど」

寧々の名前を聞いた瞬間、黒田は顔をしかめたが、おれは彼女の話が聞きたかった。

「あのネット動画、あたしなんです。この子を産むまでは、あたし、ホッソリして、きれいだったんですよ」

ぷっくりまるまるした、おデブ芸人のような容姿の彼女は、スマホに入っている自分の昔の写真を見せた。

「あっ！　これは！」

古い写真の中で可愛く微笑んでいるのは、間違いなく「ラムサール寧々」だった。

「これ、あたしです。他にも写真はあります」

彼女は山ほどスナップ写真を見せてくれた。そこに写っているのは信じられないことに、間違いなく寧々さん以外の何者にも見えない。

今、目の前にいるぽっちゃりした母親と、写真の中の美少女を見比べて目を白黒させるおれに、彼女は苛立ったように言った。

「だから、これはあたしなんですってば。信じられないのも判りますけど、この子を産むまでは、あたし、スリムでキレイだったんです。網走のオードリー・ヘップバーンだって、町内でも評判で」

おれたちは釧路から川湯までは探したが、網走には至らなかった。しかし、あの動画がそんなに古いものだったとは……。

「いやいや、それやったら、ラムサール寧々は、あの子はいったい誰やったんや？」

網走のシンママが帰った後、黒田を始めとするおれたちは首を捻《ひね》りまくった。こんな不思議なことがあるものか？

そこで叫んだのは、あや子さんだった。

「ほら、あのツル！　あの可哀想なツル！　観察センターで虐められていたあの子！　あのツルにうちらが餌を投げて親切にしてあげたから、お礼に来てくれたんだよ。『先日助けていただいたツルです』だったんだよ、寧々ちゃんは」

……彼女が初めておれたちの前に姿を現した時のことを、おれは何度も思い出そうとしていた。

信じられないほど可愛い顔、すらりとした立ち姿。それは強烈に印象に残っているのだが、彼女がどんな服を着ていたのか、それがどうしても思い出せない。

たしか白いワンピースのようなものを着ていたと思う。けれどもあの季節、真冬の北海道でコートもダウンも着ていないのはおかしくないだろうか。黒田に訊いても、じゅん子さんやあや子さんに訊《たず》ねてみても、不思議なことに誰もはっきりとは覚えていないのだ。

「ドレスを着ていたと思う」

「パンツスーツだったかも。黒いパイピングの入った」

「いや、白いブラウスに黒のスカートや。間違いない」

だが、彼女がタンチョウの赤い頭頂部に似た、深紅のベレー帽をかぶっていたということだけは、全員の記憶が一致していた……。

第三話　不動のセンター「連城《れんじょう》真央」

遠くで嵐が起きている。もの凄《すご》い勢いで大木がメキメキと折れて倒れようとしている。激しい雨音も聞こえる。雨粒が窓ガラスを機関銃のように叩《たた》いている。ごうごうと唸《うな》りを上げる暴風。悲鳴をあげるように軋《きし》んで、今にも潰れそうな家。しかも、どどどどと地響きまでしてきた。まさか大地震まで起きてしまうのか？

なんなのだ、この天変地異は！

いや……そうではない。

意識が戻ったおれは目を開けた。

嵐の真《ま》っ直中《ただなか》にいるのではない。いつもの自分の部屋だった。

しかし耳障りな音は聞こえ続けている。

悲鳴のような、くぐもった唸り声。そして床や壁に激しく何かが打ちつけられる音……。

目の前の床に、若い女性が転がっている。しかも口にガムテを貼られ、手足もロープでグルグル巻きにされていていている。

彼女は声のかぎりに呻《うめ》き、どんどんと足で床を叩き、全身で壁にぶつかっていた。

何がなんだか判《わか》らない。そもそも、若い女性がおれの部屋にいる現実が理解出来ないし、しかも彼女は全身拘束されているうえに猿轡《さるぐつわ》までされて暴れているのだ！

「あの、今解《ほど》きますから、ちょっと待って」

慌てて起き上がったおれは、ロープを切るならハサミやカッターよりも包丁だろうと思い、台所から百円ショップで買った万能包丁を持ってきた。

それを見て、彼女はさらに激しく暴れた。瞳にも「殺される！」という恐怖が浮かんでいる。

「いやいや、このロープを切るだけですから」

おれはそう言って、梱包《こんぽう》用らしい手首のロープを切り、口からガムテを剝がしてあげようとした瞬間、彼女は自由になった手で、おれを殴りつけ、自分でガムテを剝がした。

「一体これはどういうこと？　私をどうするつもりなの！」

彼女は錯乱してパニック状態だ。

「そなた、ワラワが誰かを知っての狼籍《ろうぜき》か？」

この声色……先日テレビで観《み》た時代劇のお姫様!?　……ということは……この彼女は!?

あらためて彼女を凝視したおれは、わっと叫んで飛び上がった。

「TPP24のセンター、連城真央《れんじょうまお》！」

人気アイドルグループTPP（とってもプリティプリンセス）24の不動のセンター、連城真央。長い髪。大きな瞳。見るからに真面目《まじめ》で清純で、気性のまっすぐな、いわゆる学級委員長タイプなところが大人気で、おれもデビュー当時から実はかなりのファンなのだ。おれの今の仕事の性質上、そのことは秘密だが。

しかし……いつもは可愛《かわい》くて綺麗《きれい》なのに、張り裂けるように見開かれた大きな目には、ありありと恐怖の表情が浮かんでいる。

「私を監禁してどうするつもりですか？　私がアイドルだから？　連城真央だから？　目的は何ですか？　身代金？　スキャンダル？」

パニックになった真央さんはそのあとも立て続けにいろんなことを口走った。いわく、私を裸にしてレイプして、その動画をばらまこうと言うのか？　それとも私を惨殺してバラバラにしてそのパーツをファンに送りつけたりするつもりか？　あなたは変態なのかと。

「いやいや、ちょっと待ってください！　そんなことするつもりなら、ロープを切って自由にしないでしょ！　おれもわけが判らないんだから、ちょっと冷静になってくださいよ！」

おれは、自分の部屋で、真央さんに向かってひたすら手をついて平身低頭、土下座でお願いをするしかなかった。

ここは、一応、我が「ブラックフィールド探偵社」の社宅だ。秋葉原《あきはばら》の隅っこにある古ぼけたマンション「ファントム秋葉原」の一室だ。

この部屋は元々借り手のつかない、いわくつきの物件だ。悪夢にうなされる、体調がおかしくなるなどの理由から借り手がすぐ出ていってしまう。裏通りとはいえ秋葉原の物件としてはタダ同然の賃料であるところから、ケチな黒田《くろだ》が借りて倉庫兼用にしている。部屋中に古いＤＶＤやＶＨＳテープの入った段ボールがところ狭しと積まれているのも、そのせいだ。中身は主にエロモノ、しかも違法コピーらしいが。

「警察に通報します！　私を誘拐して監禁してレイプして惨殺しようとしたって！」

「ちょ……落ち着いて。おれだって、どうして真央さんがここに居るのか理解出来ないんだから！」

「誤魔化さないで！　包丁を持ってそんなこと言っても説得力ゼロですっ！」

そう言われて、慌てて捨てた包丁が床にざくりと刺さった。

「助けて！　サイコパス！　殺人鬼！」

真央さんはますますパニックになり、悲鳴をあげ、声のかぎりに叫び続けた。

やっぱり芸能界で生きていくには、これくらい気が強くてガンガン言えなきゃ駄目なのか……。

どうすればいいのだろう……そうだ、ここはウチの頭脳であり知恵袋のじゅん子《こ》さんに相談するしかない！

と、スマホを探そうとしたとき。

突然、ドアが蹴破られて、どやどやと警官隊が突入してきた。

「こいつです！　こいつが真央たんを監禁してたんですっ！」

警官隊の後ろから、ガラの悪そうな若い男がおれを指さした。

「お前、飯倉良一《いいくらりょういち》だな！」

制服警官に囲まれたおれに、ダスターコート姿の、見るからに刑事以外の何ものでもない男が、逮捕状を突きつけた。

「拉致監禁の容疑で逮捕する！」

おれの手には、手錠がガッチリかけられてしまった。

「ちょ、ちょっと待ってくださいよ！　お、おれは何もしてないっすよ！」

「詳しい事は署で聞く！」

何がなんだか訳が判らないままにパトカーに乗せられて秋葉原署に連行される間、おれはどうしてこうなったかを必死で思いだそうとしていた。

*

「ファントム秋葉原」の一室は、おれが入居した時には「まだ」事故物件ではなかった。

住む人が悪夢にうなされたり、しばしば方向感覚を失うこともあるという程度の、住人が居つかないだけの部屋だった。しかし、おれたちブラックフィールド探偵社が一時期、事情があって北関東に逃れて潜伏したり、その後も旅行業を手がけて東京を長期間留守にしている間に起きた事件で、本物の、筋金入りの事故物件になってしまった。今では大島《おおしま》てるにもちゃんと載っている。

　何があったかというと、この部屋を又借りしていた男が同じ「ファントム秋葉原」に住む女性に執着し、廊下で拉致して自室に連れ込み、発覚しそうになったので急いで殺害したあと、遺体を解体し、下水に流してしまうという、言語道断の恐ろしい猟奇的な事件が起きてしまったのだ。

　そんなことも知らされずに、東京に戻ったおれはこの社宅にまた住み始めたのだが、夜ごと金縛りにあったり、悪夢を見たり、ひどい時は狭い部屋なのに一瞬、ユニットバスの場所が判らなくなる、という恐怖の体験は相変わらずだった。

　詳しい人によると、怪現象の原因は電磁波で、脳の、空間を認識する働きが妨げられるために狭い部屋でも迷ってしまうそうなのだが、そんな説明をされても不気味なことに変わりはない。

　あの部屋で寝泊まりする気にはなれないおれは、ブラックフィールド探偵社、いや、今は「ブラックフィールド芸能エージェンシー」のオフィスに住み込ませてもらっている。

　エージェンシーには中古とはいえ冷蔵庫も電子レンジも給湯部屋もあるので、さしあたり不自由はない。

倉庫がわりのマンションに戻るのは、黒田に命じられて物を取りに行くときだけだった。

そんなある日、会長の黒田がおれに言った。

「あの部屋が嫌や、言う気持ちは判る。けど、あそこに住み込んでもらう必要ができたんや」

黒田は、あのボロマンションの、ほぼ全室が借り上げられて、今をときめくＴＰ24の寮として使われることになった、と説明した。

「ああ、そういうことっすか」

おれは納得した。

「そういえば、この間、エロＤＶＤの在庫を取りに行かされたとき、やたら若い女の子が大勢廊下をうろうろしていて驚いたっすよ。建物を間違えたかと」

地方から上京してきたアイドルたちが暮らし始めたので、あの古くて糞《くそ》ボロいマンションの雰囲気が一気に華やいでいたのだ。

「せやろ？　かわいい子らが仰山おると思えば、金縛りに遭うくらい別にエエやろ？」

「いやそれは……」

勘弁してほしい、とおれは必死に訴えた。

「カワイイ子が何人いようと、あの部屋は恐怖の館です。それに比べればこのオフィスは天国ッス。だから、お願いですから、ここに置いてください！」

「いや、お前にはどうでも、あのマンションに戻ってもらう必要があるんや。嫌やとは言わさへんで。これは業務命令や」

ええか、と黒田は説明し始めた。

「あのマンションを寮にしてから、TTP24の雰囲気がおかしいねん。なんせオートロックもないボロマンションやから、友人知人、男も女も出入り自由や。オフの時間に誰が何をやっとるのかさっぱり判らん状況なんや」

そのせいかは判らないが、メンバーにも亀裂が目立ち始めている、と黒田は言った。

「いわゆる『優等生』と『遊び人』に分かれて、最近は事あるごとに揉《も》めとる。つまりは『不仲』ちゅうやつや」

「優等生と遊び人？」

「そや。真面目な優等生はプロダクションのマネージャーの言うことをよう聞いて、アイドルは恋愛禁止という無茶苦茶なルールも、きちっと守りよる。収録終わりのミーティングや反省会はもちろん全出席、寮に帰ったあとは明日の番組の予習をする、歌の稽古をする、新しい振付をマスターするという宿題を真面目にこなす。片や遊び人は、歌も踊りもアイドルはヘタなほうがウケる、なまじ上手《うま》いと浮きまくる、とかうそぶいてロクに練習もせえへん。そのくせ仕事で溜《た》まったストレスを解消せんとノリが悪いと勝手な理屈をつけては夜中に寮を抜け出してクラブ通いや。さすがにそれはバレるので、寮の部屋に『友達』を呼ぶようになってな」

「飲めや歌えのどんちゃん騒ぎ、ですか？」

「そや。酒池肉林や。もっと言うたら飲めや歌えに、ヤリまくりの竜宮城みたいなもんや。可愛いアイドルが、ファンかなんかのそのへんのニイチャンに好き勝手されとるんやで。お股開いてオメコし放題や！」

男のアイドルが密《ひそ》かに女遊びをしていることは公然の秘密になっている。健康な若い男子が、仕事だけの事実上の禁欲生活など続くわけがない。

しかし……女子のアイドルにはそういう噂《うわさ》はない。かなり厳しく秘密が守られているのか、まったく何もないのか、内々に完璧に処理されているのか……。

それはともかく、同じグループのなかで溝が出来てしまうのはマズいだろう。

「そこでプロダクションとしては、あのボロい『ファントム秋葉原』にカネを出して、セキュリティの強化をすることになった。それやったらもっとマシなところに越した方がエエと思うんやが、何しろあの家賃や。しかもほかに入居者がない。事実上、あのマンションはＴＰＰ24の借り切りや。メンバー以外の住人はお前だけ、つまりマンション丸ごと一棟を安う借り上げられるのはあそこだけちゅうこっちゃ。とにかく、あの糞ボロマンションのエントランスは改装してオートロックにすることになった。これが暗証番号や」

黒田はファミレスのナプキンに走り書きした四ケタの数字８６８６を見せた。

「ヤルヤルや。覚えたな？」

黒田は「ミッション：インポッシブル」みたいにそのナプキンを灰皿の上で燃やしてしまった。

「それでや、飯倉。お前の仕事は、あの建物の管理人や。二十四時間住み込んで、あらゆる事態に対応するんや」

「ええっ⁉　絶対イヤっすよ。あんなお化けマンション……つか怪奇現象のデパートみたいな事故物件」

「まあそう言うな。あのマンションのオーナーにはいろいろと義理があるんや。倉庫兼社宅な、あれ、実は今までタダやったんや」

な！　だから、お前も力になってやれ！　と、完全に自分の尻を他人に拭かせる論法でおれに迫ってきた。

……抵抗はしたけど認められるわけもなく、結局、おれは秋葉原の事故物件に常駐させられることになってしまった。

そのやりとりを見ていた黒田の愛人でこのエージェンシーの助っ人要員のあや子《こ》さんも、嬉《うれ》しそうに言った。

「そういう建物ってさ、何か事件があったから事故物件になるというより、もともと事件の前からヤバい場所で、元々のヤバさが事件を引き寄せる、みたいなところがあるって言うよ？」

経緯を見るかぎりまさにその通りなのだが、そんな話を聞かされても全然嬉しくないのだ。

とは言え、オフィスから引っ越して、おれはマンションの管理人として「ファントム秋葉原」に常駐することになった。

手始めに管理人として各部屋を回り挨拶をすることにしたのだが、コワモテの黒田と一緒に回るのはよろしくないと言うことで、じゅん子さんに付き添って貰《もら》うことにした。

「このマンションはすべてTPP24の寮と言うことになりましたので、コンシェルジュとしてこの男を常駐させることになりました。飯倉良一です。どうぞよろしく」

　番頭さんに丁稚《でっち》を引き合わせる口入れ屋のように、じゅん子さんはおれの頭を押さえつけてお辞儀させた。

「か、管理人じゃなかったんですか？」

「コンシェルジュは、フランス語で管理人という意味です」

　じゅん子さんは言い切った。

「騒音水漏れ電球の交換に出前の注文、タクシーの配車などなど、困ったことがあったら何でも、この飯倉に遠慮なくお申しつけください。出来ない事はありません！」

「はあ……よろしくお願いしまっす！」

　このマンションの管理をブラックフィールド芸能エージェンシーが請け負い、社員であるおれがその任に当たる、つまりおれは管理人ということになった。

「ねえねえ、ここって、バラバラ事件があってからみんな出ていって、しばらくは建物丸ごと、ほとんど廃墟《はいきょ》だったたって聞いたけど、ホント？」

ＴＴＰ24のメンバーが興味津々で訊《き》いてくる。

「まあ、夜、変な音がしたら、部屋の隅に塩を撒《ま》くといいそうですよ」

何度も質問されるので、おれも適当なことを言ってやりすごす。

が、彼女たちから怪奇現象の苦情は全く出なかった。むしろ設備上の不満が多くて、その対応に汗をかいた。水道ガス電気については無資格無免許とはいえ、基本的な修理はおれにも出来るので対応する。

工事のために彼女たちの部屋に入ると……若い女の子が放つ甘酸っぱい香りにクラクラしてしまう。

それに、寮の部屋にいると言うことはオフのプライベートタイムだから、アイドルたちは完全に普段着だ。ショートパンツにタンクトップという軽装だし、ノーブラの子もいるので乳首がツンツン勃《た》っていて、これはもう、管理人ならではの眼福と言えよう。

完全に無防備だから、長くてキレイな脚を放り出してるし、作業しているのを待つ間にウトウト寝てしまうその寝顔も可愛い。

これは、おれがブラックフィールド探偵社入社以来、もっともラクで美味《おい》しい仕事ではないか？　おれの部屋には怪奇現象が多発しているが、これなら我慢できそうだ。

……と喜んだのも束《つか》の間《ま》、そうは問屋が卸さなかったことが判明した。

「部屋を変えてほしいんですけど。私、きぃちゃんの隣の部屋がいい。一番仲がいいし、ベランダ伝いに行き来出来るし」

「あ、私も。上の階の部屋に変えて貰えますか？　大体、みんな同じ間取りだと思ったら微妙に違うじゃん？　私、握手会でも行列長いし、ファン投票でも二位だし、もっと良い部屋にして貰っていいんじゃないですか？」

「塩素ナシの、アルカリイオン水が出るシャワーヘッドに換えてほしい！」

などなど、一人が言い出すと一斉に自分勝手な要求が出始めた。

そんな中、何も言わずに共用部分の一階ロビーのソファに座り、一人黙々と台本を暗記しているのが、不動のセンター・連城真央だった。事実上のリーダーで、「チームの精神的支柱」とまで呼ばれている。

以前からファンだったおれだが、管理人となり間近に接するようになって、ますます真央さんが好きになってしまった。ＴＰＰ24がまだあまり知られていない頃、秋葉原で屋外イベントをやっているのを偶然観て、長身でスレンダーな凜《りん》とした美しさ、そして愛らしさも同居したビジュアルに惚《ほ》れてしまったのだ。しかも内面の魅力も今は知っている。

まさにおれの理想の女性がこの世に現れた、という感じだ。もちろん高嶺《たかね》の花と言うことは判っている。今、寮の管理人として彼女と身近に接していても、そういう関係でしかないことも充分に判っている。

それでも……憧れの連城真央が、すぐそこに、一つ屋根の下にいるのだ……。

「ねえ、どうなのよ！」

キツい声で詰問されて、おれは我に返った。

「それは……おれの一存ではちょっと」

今、目の前にいるのは真央さんではない。

「だったらそれをあんたから上の人に言ってよ！」

キツい口調で詰め寄っているのは、ＴＰＰ24の中でも一番気が強くて、ワガママで面倒なタイプのルミだった。

そのルミのうしろには「そうだよ」「管理人マジで使えねー」など賛同する者が多数。

なるほど。真面目派のリーダーが真央さんで、遊び人のリーダーがルミか。名目上は真央さんをユニット全体のリーダーにしているけれど、声がデカいのは断然、遊び人連中だ。そしてルミに従うメンバーの方が多い感じだ。

「判りました。明日、上の人に訊いてみます」

おれはそう答えざるを得なかった。


翌日、おれはＴＰＰ24が所属する芸能プロ「オフィスＴＰＰ」に出向いた。儲《もう》かっているのだろう、オフィスは秋葉原で一番豪華なビルの最上階にある。全面ガラス張りの物凄くおしゃれな、海外ドラマにでも出てきそうな、最先端のオフィスという感じだった。

が。

社長に当たる「支配人」の部屋に入ったおれは驚愕《きょうがく》した。

支配人の好みなのか神棚があり、政治家と握手している写真がずらりと並べてあって、鹿の尾頭つきの皮が床に敷かれ、ツキノワグマの剝製があり、窓際にはゴルフのパターセットまである。まるでヤクザの組長の部屋だ。

さらに部屋の中央にある革張りの豪華なソファに、ガラの悪い若い男が二人座っている。半グレにしか見えないそいつらは、支配人と一緒に大笑いしている。この真っ昼間に酒かヤクでもやってるのか？　と言いたくなるくらいにハイテンションなハシャギ方だ。

二人の半グレは、応接セットのガラステーブルに置かれたノートパソコンの画面に見入りつつ、手を叩いて大ウケしている。

ナニを見ているのかと覗《のぞ》き込むと、それは若い女性の、肌も露《あら》わな動画だった。

撮られているのはバスルームの内部で、女の子がトイレで用を足して、そのままシャワーを浴びる様子を見て大ウケしているのだ。

「こいつ、ケツ拭かずにシャワー浴びたな」「インモーゴワゴワじゃん。クンニしたら口中毛《くちじゅう》だらけだぜ」

「乳が小せえなあ。整形して巨乳にしてグラビアとかさせたらどうよ？　オッパイぷるんぷるんにしてよぉ！」

低級な事を言ってはガハハと下品に笑う。

しかし……ノートパソコンの画面に映し出されているバスルームには見覚えがあるし、盗撮されている女の子にも見覚えが……。

「あっ！」

おれは思わず声を上げてしまった。

このバスルームは、ウチのマンションというか寮であり、裸身を晒《さら》しているのは、

ＴＰＰ24メンバーでも一番小柄でおとなしい、ちぃちゃんだ。

「こ、これ、盗撮ですよね！」

「あ？」

不機嫌そうに支配人がおれを睨《にら》んだ。仕事上、この支配人とは面識がある。いいトシなのに長髪で、無理して若作りをしている男だ。しかも終始、ニヤけた笑みを浮かべているのがチャラい印象を与える。

「お前、いつからここにいた？」

「さっきから。ドアならノックしましたよ」

「なんだよ、お前、誰だよ？」

「このヘタレが、おれらの楽しみに口出してんじゃねーよ」

半グレ二人が文句をタレた。

「ああ、こっちの彼は本間《ほんま》くん。そっちの彼は稲田《いなだ》くん。彼らはウチの外部スタッフだよ」

支配人はそういうが、どう見てもチンピラというか、半グレにしか見えない。

本間くんは整えた髭《ひげ》が妙に芸術家っぽいが、革ジャンにネックレスをジャラジャラさせているので、マッチョ気取りの筋肉馬鹿か。

稲田くんは黄色のタートルネックにジャケットを着た細身だが、なんだか血まみれのナイフがいかにも似合いそうな、どことなくサイコな雰囲気のある男だ。

「で、こいつは？」

本間くんがおれを指さした。

「ああ、この男は寮の管理人だ。だから部屋の内部には詳しいんだ」

支配人は半分バカにした口調でおれを半グレに紹介した。名前すら言わないところが、おれを見下している証拠だ。

「お前さあ、真央の裸、見たくねえか？　不動のセンターのハダカ、見たくねえのか？」

本間はおれを見てニヤニヤした。

「ちょっとだけ見せてやってもいいぞ。ほら、真央たんの、このヌード、けっこうソソるんだけどな」

「いやしかし……おれは管理人として……」

「硬い事言うな。見たいだろ？　いいカラダしてるぜ、アイツ」

ホレ見ろよ、と本間はおれに手招きした。

そこまで言われてしまうと……。

おれは弱い。つい、正義よりも煩悩というか、スケベ心が勝ってしまった。

気がつくとふらふらと、ノートパソコンの画面を覗き込んでいた。

そこには……均整の取れた神々《こうごう》しいと言ってもいい、輝くような裸身があった。

「見ろよ。な？　見た目よりおっぱい大きいだろ？」

盗撮されていると知らない真央さんは、シャワーを浴びている。

ぴちぴちした肌がお湯を弾《はじ》いている。

くびれた腰に、ぷっくりとお椀型《わんがた》の双丘。そして……薄めの秘毛。

「な？　やっぱりＴＰＰの中じゃ一番の上玉だよな！」

憧れの真央さんの全裸画像を見て、おれは……情けなくも、興奮してしまった。

「勃ってるじゃねえか、おい。ここで抜いてもいいんだぜ。おれたちは三人で一緒に抜いたりしてるしな」

ニタニタしている本間に、稲田も支配人も同じくニタニタして頷《うなず》いた。

画面のなかの真央は、脚を広げて局部にシャワーを当てて洗っている。

ああ、真央さん……。

が、そこで本間はいきなりノートパソコンの蓋を閉じてしまった。

「お前、見たよな？　これでお前も立派な共犯だ。この盗撮をチクったら承知しねえぞ」

おれの本心を見透かすように本間が言い、稲田もニヤニヤした。

「ま、見た目からしてヘタレのお前にはそんな度胸ねえだろうけどな」

支配人も、ニヤニヤして頷いている。

モーレツにムカついたが、見てしまったし、勃ってしまった以上、何も言い返せない。

しかし……この芸能プロは大丈夫か？　こんなチンピラを出入りさせて、デカい顔させているなんて……。

この中で唯一、まともな大人であるべき支配人もニヤついて、半グレどもと一緒になって盗撮画像の鑑賞にはしゃいでいる。無礼な態度を咎《とが》める気配すらない。

ここでおれはいかんいかんと思い直して、ようやく用件を口にした。

「あの、事故物件……じゃなくて、『ファントム秋葉原』に入居しているアイドルの皆さんから色々苦情が出ていて……」

「なんだよ？」

支配人は面倒くさそうに顔をしかめた。

「ようはその、部屋割りが適当すぎるってことで」

「うん。で？」

支配人は先を促した。

「二十四人いるTPPにはいくつか派閥がありますよね？　仲良しどうしが近くの部屋になるべきなのに、全然そういう部屋割りになっていない、これはどういうことだ？　と、ルミさんたちがかなり怒っていまして」

「そんなことは、そっちでなんとかしろよ」

支配人は当てつけがましく舌打ちをした。

「こっちは忙しいんだ。それに、あの部屋割りは意図的なものだ。ユニットが派閥で固まるのはよくない。そうだろ？　だから、そこを考えてわざとシャッフルした配置にしてある。そういうことだ。ルミにそう言っとけ」

そう言うと、支配人は半グレ二人との馴《な》れ合いを再開した。

本間が「今度の総選挙イベのステージの最前列の席、おれたちに回してもらえますよね？」と聞くと、支配人は「ああ、まかせておけ。お前たちにはいろいろ働いてもらっているからな」と安請け合いした。

「え？　最前列の席は厳正なる抽選でしょ」

思わずおれは言ってしまった。

最前列は、熱烈なファンたちがどれだけ頑張ってもなかなか手に入らない、プラチナ・チケットだと聞いている。それを、支配人と仲がいいというだけで融通してしまうだなんて……こいつらは一体何なのだ？

「まあさあ、女の子の集団ってのは管理するの大変っすけど、要は中心になるコさえ押さえとけばどうにでもなるんで」

おれを無視した稲田がうそぶくと、支配人もそうそう、と頷いた。

「そうだな。お前がルミをしっかり掌握しているから、こっちは助かるよ。ルミは人気があるのはいいんだが、ちょっと天狗《てんぐ》になっているから」

そこで支配人は満面のニヤケ顔で訊いた。

「あのワガママ女に、お前は一体どうやって言うことを聞かせているんだ？」

稲田も同じく下品なニヤニヤ笑いで答える。

「それはもう……おれがベッドで丁寧に仕事をして、メロメロにイカせてやってるからに決まってるじゃないっすか！」

「稲田お得意の変態プレイで、か？」

アナル異物責めとか？　と本間が突っ込むと、稲田はグヘへとスケベ笑いをした。

「ルミはうしろが大好きなんで。ケツの穴にバイブとか突っ込んだままファックすると、すぐにイッちゃうんで……」

おれとしては耳を疑うしかない。

ＴＰＰ24には確か「恋愛はご法度」という厳しい戒律があるはずではなかったのか？

「あの……恋愛は禁止ってことになっているんじゃあ……」

気がついたら言っていた。そもそも、寮の風紀が乱れているという理由で、おれが管理人に雇われたんだし……。

「なんだよ、お前。ファン代表みたいな口利くなよ。恋愛禁止とか無理に決まってんだろ？　お前が寮の管理人になる前なんかもう、ルミを中心に凄かったんだぜ。外から男呼んで、３Ｐとか当たり前で」

「残念だが、その通りだ」

支配人は妙に真面目な顔で、言った。

「やりたい盛りは男だけじゃない、女も同じだ。一応禁止ってなってるのは、ただの建前に決まってるだろ。そうとでも言っとかないと、握手券目当てにＣＤを何百枚も買ってくれるファンに申し訳が立たない。あいつらバカだから、恋愛禁止を信じ込んでる以上は、その夢を壊しちゃいかんだろ」

「まあ、安心しろよ」

稲田が冷たい目になって、言った。

「真面目グループは実際真面目だから。お前が好きな真央なんか、支配人の言うことを忠実に守って、ルミの酒池肉林パーティには絶対顔出さないから。まあ、隠れて何やってるか知らねえけどな」

稲田の言葉に、他の二人はどっと笑った。

*

部屋割りの件は、結局おれの力ではルミを説得することは出来ず、支配人から電話して貰って、なんとか収めることが出来たが……おれは「舐《な》められる」存在になってしまった。

そうなると揉め事が起きても、おれには仕切れない。おろおろするうちに、小競り合いが度重なり……ついに衝突が起きてしまった。

グループのリーダーである真央さんと、陰のリーダー的な存在のルミが揉めたのだ。この二人はもともと仲が悪い。そこに正面切って揉めたものだから、大変なことになった。

発端は、真央さんと親しい「真面目派」のメンバーが「また下着がなくなった！　もう何回目？」と、共有施設のコインランドリーで不満を爆発させたことだった。

その時、たまたまコインランドリーに面した一階ロビーにいたルミが「下着泥棒だと名指しされた」と勘違いして逆ギレし、そこに真央さんが仲裁に入ったのだが……。

穏やかに諭す真央さんに、だが、センターをセンターとも思わない態度のルミがひどい暴言を吐いた。それをきっかけに両派入り乱れての口論になってしまったのだ。双方ずっと、ヘイトが溜まっていたことが不幸だった。女の子同士が金切《かなき》り声を上げてギャンギャン罵りあう光景に、おれは胃に穴が空きそうになった。女性恐怖症のケがあるおれにとっては、もはや地獄の責め苦だ。

とりわけ、元々キツい性格のルミの、口の悪さと目を吊《つ》り上げた表情は鬼のようだ。

品のない顔立ちのルミではあるけれど、黙っていればそれなりに可愛い。しかし笑った時にミカヅキ型になる目と、上がりすぎた口角にズルさが表れてしまう。外見で人を判断してはいけないとは思うが、性格が見た目にモロ表れてしまうタイプもいるんだよね。

「真央だかマッポだか知らないけどさ、センターのくせに歌下手《へた》だし、うちらにも人望ないし、ただ真面目なだけで色気も何にもない女って、タレントとしても駄目なんじゃねえの？　クソだよ。存在感ゼロ！」

「イヤイヤイヤ、そんなこと言わないで……同じグループでしょう？　仲よくやりましょうよ」

真央さんへの憎しみをひたすらぶつけるルミに、理不尽と思いつつ、おれは平身低頭するしかない。ディレクターでもマネージャーでも社長でもない、ただの寮の管理人だというのに……。

苦心惨憺《さんたん》の末、なんとかこのイザコザを収めるのに成功したときには、もう、疲労困憊《こんぱい》して死ぬかと思った。

もう今夜は寝ようと思って、メンバーがお菓子やジュースを食い散らかしたままのロビーを掃除していると……。

いきなりオートロックのドアが開いた。当然のような顔で入ってきたのは、例の半グレ、稲田だった。誰がこいつを呼んだのだ？

「あの、どちらへ？」

「あ？」

稲田は目を剥《む》いておれを睨んだ。

「ルミんところだよ！　お前にいちいち報告しなきゃなんねえのかよ？」

「いえ、ここは寮で、関係者以外立ち入り禁止なんで」

おれは必死で言った。ここを通しては管理人失格だ。

「ああ？　今なんつった？　聞こえねえなあ。おれはルミに呼ばれたんだよ。ルミが会いたいっていうから来てやったんだ。お前みたいなヘタレにとやかく言われる筋合いはねえんだよ」

稲田は凄んだ。

「それになんだよ。関係者以外立ち入り禁止だ？　おれは関係者じゃねえかよ。支配人とマブなんだぜ。ＴＰＰの外部スタッフみてぇなモンだって判ってるだろが」

そう言って、おれの肩を摑《つか》んで、突き飛ばした。

「ルミは、定期的におれがメンテしてやんないとダメなの。判る？　童貞のお前には判るわけないか」

捨て台詞《ぜりふ》を残した稲田は、ルミの部屋に堂々と入っていった。

おれはその背中に「どどどど童貞ちゃうわ！」と呟《つぶや》くことしか出来ない。

問題は、ルミの部屋がおれの部屋の隣だと言うことだ。

　このマンションは安普請なので、壁が薄い。派手にやってる「あの声」が全部聞こえてしまうのだ。

「あ〜んイヤらしい……止《や》めないで、そこ感じるから……あはぁ！」

　艶っぽい声がガンガン聞こえてくる。好みじゃないタイプでも、フルパワーで絶叫されるとどうしても気になってしまう……と言うより聞き耳を立ててしまう。いや、壁に耳をつけて盗聴してしまう。

「そこ、そこ、そこがいいの……稲田ちゃん、どスケベね……気持ちいいけど……あうっ。うふっ」

　音を聴いているだけでも物凄く淫らなことを想像してしまって、これはもう、何をしてるのか、この目で確かめなければ、と思ってしまった。

　どうするか？　天井裏から覗くしかない。

　江戸川乱歩《えどがわらんぽ》の小説にそういう話があって、ドラマで見たことがある。とりあえずクロゼットを開けて天井を突ついてみると、外れる天板を見つけたので、そこから天井裏への侵入に成功した。

　天井裏はずーっと先まで続いている。あれ？　これって、例の「防火壁」がないってこと？　もしかして違法建築？

しかしまあ、乱歩のあれも、天井裏を伝って隣の部屋を覗いてたんだよね。

「ああああ、いいいいいい。いい！　そこ、すごい！　ああもう、死にそう……」

ルミの部屋からは、えんえんと「あの声」が響いてくる。凄いなあ。ＡＶとは違ってナマ音だからなあ。

早く見たい！　しかしギシギシ音が聞こえてしまうと、怪しまれて行為が中断してしまうかもしれないし、おれが天井を踏み抜いて御用になってしまう危険性もある。ここは慎重に行かなければ……。

やっとこさ、おれがルミの部屋の上まで来たときには、そろそろフィニッシュにさしかかっていた。

このマンションの天井には吸音板のようなシャレたものは張られていない。昔ながらのフシのある板が打ち付けられている。だから、時代劇の忍者のように下を覗くことは可能だ。

おれは、音を立てないように息を殺して、フシアナに目を近づけた。

変態・稲田はウネウネ動くバイブをルミのアヌスに差し込み、同時に腰も遣っている。「二穴同時攻撃」というやつか。

ていく。

ルミは断末魔のように全身をがくがくと震わせて、ずんずんと深いアクメに達していく。

「あーっ！　も、もうダメ……。死ぬっ！」

稲田の腰の動きが止まり、ルミも目を瞑《つぶ》って静止してしまった。

ホントに死んだ？

しかし、稲田がルミの上から退《ど》いてベッドの横に寝転がると、彼女も息を吹き返した。

長身で均整の取れた裸身は、なかなか美しいし、胸も大きい。グラドルとしては真央さんよりルミのほうが人気があるのも、これじゃあ仕方がないか。

その裸身は、全身ぐっしょりと汗をかいて濡《ぬ》れている。秘毛も汗と淫液でベットリだ。

「……あいつムカつく」

ベッドの上で、セックスの余韻も消えやらないルミが吐き棄《す》てるように言った。

枕元からタバコを取ると、火をつけて吸い込んだ。

裸身は若々しく美しくてセクシーなのだが、セックスのあとにタバコを燻《くゆ》らせている姿は、「毒婦」のイメージそのままだ。

「真央よ。あいつほんと、優等生ぶっちゃって、上から物言うからまじムカつく。ねえ、アンタの力でなんとかなんないの？」

ったく学級委員長かよ、と毒づくルミに、そうだなあ、と稲田は手を伸ばして彼女の大きな胸を揉んだ。

「おれに任せな。あいつがお前の言うことを何でも聞くようにしてやるから」

それを聞いたおれは物凄く悪い予感がした。

真央さんに危険が迫っている！

だけど……どうすればいい？

おれはどうしていいか判らない。なぜそんなことをお前が知ってるんだと問い詰められても、説明できない。半グレの盗撮を批判したおれが、覗きをしたとは口が裂けても言えないではないか。

とは言え、ルミの部屋を覗き見したことについては罪悪感は全くない。真央さんの部屋だって、その気になれば覗けるだろうけど、神聖な彼女のプライベートを覗くなんて、そんなことは考えるだけでも恐れ多い。

次の日の朝。部屋のチャイムが鳴り、ドアを開けたおれは、そこに真央さんが立っていたので驚きのあまりどもってしまった。

「どどど、どうしたんですか？　呼んでくれたらこちらから参りますのに！」

我ながらしどろもどろだ。なにしろ女神さまと面と向かって話しているのだ。

「あの、私の口からは言いづらいんですけど、どうしても言わなければいけないと思って」

もしや……愛の告白？

真央さんは意を決したように、言った。

「……この寮の風紀の乱れですが……限界を超えました。なんとかしてください」

その言葉だけで、真央さんが何を言いたいのか、すべて判った。ルミのことに他ならない。

「あの……それは、管理人の権限を超えていまして……プロダクションのほうに言ってもらわないと」

「駄目なんです。プロダクションはどうしてだか、何も対応してくれないんです。だから管理人さんにお願いするんです」

澄んだ瞳がまっすぐにおれを見据えている。女神さまにこんなに真剣にお願いされて、言を左右にできる男がこの世に居るだろうか？

「判りました。なんとかします」

おれはそう言ってしまった。

「そら『恋愛禁止』ゆう建前が最初からムリに決まってるがな。やりたい盛りの若い女の子やで？　楽しみたいのは女も男も一緒や」

ＴＰＰ24の支配人に言っても埒《らち》があかないことはもう判っているので、おれはブラックフィールド芸能エージェンシーに戻って、黒田たちに相談した。

あや子さんは「まあ、そうだよね。クロちゃんの言うとおりだよ」と黒田の言うことに賛成したが、社の知恵袋・じゅん子さんは顔を曇らせた。

「公表しているポリシーと実際の運用が違うということですね。恋愛禁止を公言しているのに、実際は野放しというのは大変マズいですし、その矛盾を現場に押しつけられても困ります。会長。ここは苦しいところですが、この案件からは、今のうちに手を引いたほうが良いのでは？　とんでもなく面倒なことになりそうな予感がします」

「ええっ、手を引いちゃうんですか？」

思わずおれはじゅん子さんに抗議した。このまま女神さまに会えなくなるのは寂しすぎるし、彼女の悩みを放り出すのも無責任と思えたからだ。

「まあ、建前と本音が違うのはようあるこっちゃ。もうちょっと様子を見ようか」

黒田はそう言っておれを寮に追い返そうとしたが、「ちょっと待った！」とオフィスの隅から声が上がった。

「みなさん私の事をお忘れのようですけどね、一応、社長の室町《むろまち》ですが」

我が探偵社が芸能エージェンシーに衣替えしてから社長に就任した室町くんが立ち上がった。

「はあ……で、社長としてのご意見は？」

全員が一斉に室町くんに注目したが、肝心の社長は、「ええと、僕自身の判断というようなものは……特にありません」と言って、また着席してしまった。なんじゃそりゃ。

「そういうことや。適当に対処せんかい」

結局おれに丸投げされて終わりだった。

仕方がない。おれはプロダクションに立ち寄って無駄とは思いつつ、支配人に「風紀の乱れ」を訴えたが想定通り、まるで取り合ってもらえなかった。おまけに居合わせた半グレの、本間と稲田にまで凄まれてしまった。

おれにはお茶一つ出ないのに、半グレの二人はうな重の上を頬張っている。

「おれら、支配人に一生ついていきますからね！　尊敬してるんで！」

露骨にゴマをする二人に支配人はエビス顔だ。

「そうか。なら君らには言うが、ルミが自分をセンターにしてくれとうるさいんだ。ルミは人気が出てきたとは言え、まだまだ真央には及ばない。私としても言うことを聞くルミを引き立ててやりたいし、ルミのほうが女の色気は断然上だと思うんだが、清純派が好きな童貞ファンの意向は商売上、無視できないからな」

そう言いながら支配人は缶ビールを呷《あお》った。

「そうっすか。キモいオタ連中の気が知れないっすよ。真央なんて、あんなクソ真面目なだけの学級委員長タイプ、いったいどこがいいんすかね？」

本間も支配人に調子を合わせた。というか、そもそもこの二人はルミ推しだ。

「そうなんだよな。真央はいかにも男性経験がなさそうだから、一生童貞で終わりそうな連中には、そこがアピールするんだろ」

「童貞は大事にしなきゃね！」

三人は大事なファンをバカにして大笑いした。

しかし、この連中には真央さんの魅力が全然判っていない。あの、なんともいえない清純さ、ひたむきなところ……そこがいいんじゃないか！

と、叫びたいところだが、声が出ない。こういう時に自分のヘタレっぷりが嫌になる。

「だから、君らに頼みたいんだが、そこんとこをうまく言って、ルミをなだめてくれよ。ルミと真央がうまく行かなくなると、ユニットとしては非常にまずいんだ」

「お安い御用っすよ。おれがルミ相手に一発、いい仕事を決めてやれば、ルミは何でもおれの言うことを聞きますから」

変態の稲田がニヤリとした。稲田がセックス担当、本間が屁理屈《へりくつ》かなんかでルミを丸め込んでいるんだろう。

「そのかわり、ひとつお願いしていいっすかね？　おれの後輩で、真央が大好きって物好きがいるんですよ。そいつを寮に呼んでもいいっすかね？」

本間がとんでもないことを言い出した。

寮はＴＰＰ24のメンバーと、管理人であるおれ以外は基本立ち入り禁止だ。なのに稲田や本間が出入りしている現状に、真央さんがクレームを出しているのだ。

その状況で、こいつらの言うことを聞いてしまったら、規則はなし崩しに崩壊する。

だが、支配人は驚くべきことに二つ返事で請け合ってしまった。

「ああ、いいともいいとも。いいから誰でも連れて来い。しかし、お前らが廊下をうろつくと、あの学級委員長がうるさい。それに、ルミの部屋で派手にやるのもマズい……そうだ！　おい君」

支配人はおれに話を振った。

「君のいる管理人室の隣に、ひとつ空き部屋があっただろう？」

ルミの部屋と、君の部屋をはさんだ、反対側だ、と支配人は言った。

「はあ……たしかに、その部屋は空いてるっすけど」

「そこを、こいつらに貸す事にしよう」

「いやいやそれでは男子禁制の寮の規則が」

「恋愛禁止とは言っているが、寮が男子禁制だとは一言も言ってないぞ。たかが管理人のお前が、勝手に規則を作るな！」

支配人は無茶苦茶なことを言った。恋愛禁止でもセックスは禁止ではないのか？　つまりアイドルは、愛のないセックスならしてもいいってことか？

「ということで、管理人。隣の部屋、きれいに掃除しといてくれ。生活に必要なものは後で配送させるから、きちんと受け取って準備しておくんだぞ！」

どうしてコイツらが、こんな厚遇を受けるのだ？　こいつらのために働くのは業務の対象外ではないかと思い、ムカつく感情がつい顔に出てしまったようだ。

それを見た本間に、いきなり小突かれた。

「おい、てめえ何だその顔は？　おれらの部屋なんだからきちんと準備しとけよ。手抜きしやがったら承知しねえぞコラ！」

ニヤニヤ笑いながら凄む本間と稲田に、さすがのおれも怒りに震えた、まさにその時。

支配人室の扉がノックされ、入ってきたのは誰あろう、真央さんだった。

彼女は半グレの二人がいるのを見て露骨に顔をしかめたが、まっすぐな眼差《まなざ》しで支配人に言った。

「お知らせしなくてはならないことがあります。これを見てください！」

真央さんは持参したタブレットを差し出して、画面を見せた。

「誰とは言いませんが、ウチのメンバーが、問題のある物販をしているんです」

ＳＮＳの普及とともに、アイドルは自分で自分をプロデュースできるようになった。自分で撮った画像をネットに載せたり、近況をこまめに発信したり、ファンと双方向のやりとりをしたり、自分で製作したＣＤや写真集やグッズを販売したり……そんな販促活動を展開するようになったのだ。特にこのアイドルユニットは、そういう個人の活動がさかんだということは、おれも知っていた。

「問題のある物販？　あんたが例によって神経質になってるだけじゃないの？」

支配人は相変わらずニヤニヤして、頭から真央さんを馬鹿にする態度に出た。

「そうじゃありません。これを見てください」

タブレットの画面に表示されているのは、ルミのエロい画像だった。

極小のランジェリー姿でベッドやソファに横たわり、胸を寄せ上げたり脚を広げたりして、妖艶なポーズを取っている。コンデンスミルクにまみれた指をしゃぶってみせたり、バナナを食べていたり。下着のままシャワーを浴びて、お尻の谷間がスケスケになっていたり、ブラも乳首は見えないけど、乳輪も下乳も丸見えだったり。

一線のアイドルが、こんな写真を売ってもいいのか？　本人が良くても、芸能プロダクション的には禁止なんじゃないのか？

それらのエロ画像にはルミ自身によるコメントもつけられている。「ＣＤ十枚以上買ってくれたら、もっとウフフなルミたんを見せてあげるよ？」などと思わせぶりなメッセージが添えられているのだ。

「これだけじゃないんです。使用済みの下着や私物なんかも売られているみたいなんです」

　それもルミさん個人のものだけじゃなくて、と真央さんは真剣な眼差しで訴えた。

「うちの寮には共用のコインランドリーがありますよね？　最近、そこからよく下着がなくなるんです。紛失するわけがないので、盗まれてるんだと思います。その盗まれた下着が、売られているみたいなんです」

　真央さんは憤懣《ふんまん》やるかたないという様子だ。

「同じユニットの仲間の下着を盗んで、これは誰それが身につけていたもの、と言って売っているんです。そんなひどいこと、許されますか？」

「別に、いいんじゃねえの？　減るもんじゃなし」

　面倒くさそうに本間が言い、稲田も容赦なく茶化しにかかる。

「おっ！　怒った顔の真央たん、可愛いね〜。おれ、イッパツやりたくなってきた！」

　おれはムカムカしたが、真央さんはもっと怒った。

「減るもんじゃなし、なんて、どうしてそんなことが言えるんですか？　あなたたちに女の子の何が判るんですか？　お気に入りの下着がなくなるんですよ？　しかもそれがイヤらしいことに使われているかもしれないのに」

「へえ、イヤらしいこと？　どんなことに使われているのかなあ？　おれ、純情だから想像もつかないんだけど？　ねえねえどんなこと？　頭からかぶって思いっきり匂いを嗅ぐとか？　ナニかを包んでしごくとか？　それとも、ナニかをぶっかけるとか？　ねえ真央たん、教えてよ」

変態の稲田が気持ち悪く絡んできた。

「しっ知りませんっ！　そんなこと」

顔を真っ赤にした真央さんをニヤニヤしながら見ていた支配人がようやく止めに入った。

「まあまあ君たち、そのくらいにしとけ。風紀委員をあまりからかっちゃダメだ」

風紀委員と言われた真央さんは、「宜《よろ》しくお願いしますね！」と言い捨てる感じで、部屋を出て行った。

「おおコワ……まあ最近は減ったよな。あんな感じの学級委員長タイプ」

「昔はけっこういたけど」

「『おれは男だ！』の吉川《よしかわ》くんとか？」

一番年配の支配人がそう言ったが、半グレ二人はナニソレ？　な表情でぽかんとしている。

とにかく、こいつらはどうしようもないクズだ。おれも見切りをつけて退散した。

今日も、廊下で騒ぐ半グレ男たちの声が響いている。ウンザリするけど、何を言う気にもなれない。無力感がひしひしだ。

結局、ＴＰＰ24は、センターの真央さんと、人気は二番手以下だけどグッズやＣＤの売り上げが群を抜いているルミを中心とした、二つの派閥が固定してしまい、完全に分裂してしまった。しかもルミの売り上げには、半グレ連中が深く絡んでいることが判っているから、余計厄介なのだ。

半グレが学校の後輩や手下を脅して、無理やりグッズを買わせて、ルミを押し上げようとしているのだから。

そして悲しいことに、真央さんを中心とする真面目派メンバーは、どんどん減っている。ある日を境に突然、ルミの派閥に取り込まれてしまったり、もしくはユニットそのものを「卒業」して芸能界を引退してしまう子が二人、三人と続くようになった。

辞めるのは真面目な子ばかりで、理由も言わず、突然いなくなるのだ。そしてプロダクションからは「家の事情で」「一身上の都合で」などと、意味不明の発表があるだけだ。

そんな中、さらなるトラブルが起きた。

寮の廊下、ルミの部屋の前にＵＳＢメモリーが落ちているのをおれは見つけた。

ユニットの全員が仕事中で、誰もいない時だ。

何気なく自分のＰＣにそのＵＳＢメモリーを挿してみると……。

「なんだこれは！」

画面に表示されたのは、辞めていった真面目派のメンバー、くるみちゃんが数人に凌辱《りょうじょく》されている動画ではないか！

「オイ見ろよ！　こいつ、処女だぜ！」

と後ろから犯している暴漢が叫ぶ。

くるみちゃんの股間は赤く染まっている。「やったぜ！　芸能人で処女なんかいないと思ってたけどな！」

「希少価値だったんだな。悪いな。おれが戴《いただ》いちまったぜ！」

などと叫びながら、暴漢は腰を遣い続けている。

くるみちゃんは、ユニットの中で一番幼く見える。外見はほとんど中学生だ。実際にはハタチなんだけど……。

とにかく、その幼く見えるくるみちゃんが、後ろから犯されている。髪の毛で表情はよく見えないけれど、泣いているのはハッキリと判る。

「これはひどい……」

おれの頭は、怒りで真っ白になった。


動転したおれは、そのままブラックフィールド芸能エージェンシーに駆け込んだ。

「なによこれ!」

動画を見て、事の次第を知ったあや子さんは当然、激怒した。

「寮に住み着いてウロウロしてるチンピラが犯人なんでしょ? ルミがやらせたのはハッキリしてるじゃない! しかもそのくるみちゃんは、レイプされたから辞めたんでしょ! ありえない! 最悪!」

じゅん子さんは無言だが、静かな怒りを溜めている。おれにはこっちのほうが恐ろしい。

「私の怒りはアングリーのレベルではなく、気も狂わんばかりの怒りのフューリーですからね」

果たしてじゅん子さんも、おれの心を見抜いたように言った。

「せやけど、この画像の前後も、もっと詳細にじっくり見てみんことにはなあ」

野次馬スケベ根性を丸出しにした黒田は、女性二人から激しい叱責を受けたが、これはいつものことなので詳細は略す。

「とにかくこの動画を誰が撮ったのか、誰がレイプしているのか、動かぬ証拠を突き止める必要があります」

とじゅん子さんが言い、その方面のプロである室町社長も力強く宣言した。

「そこで僕の出番ですよ。画像解析のエキスパートが僕です。任せなさい！」

一方、寮の風紀の乱れは日々ひどくなるばかりだった。

特におれが住む管理人室の両側の部屋からは、連日セックスの奇声が聞こえてくる。

ルミの部屋ではルミと稲田が毎日のようにサカっており、半グレに提供された部屋では、本間と、本間が連れ込んだ仲間がルミのグループのメンバーと手当たり次第にヤッている。

これはもう、売春宿同然ではないか！

しかも半グレの彼らは、ここまで好き勝手をしてもまだ足りず、ついには真面目なグループにまで魔手を伸ばし始めていた。

「もう、ヤレるヤツは全員食っちまって飽きたな」

薄い壁を通して半グレどもの会話が丸聞こえでムカムカするのだが……やつらのバックにはクライアントである支配人がいる以上、おれにはどうにもならない。

「くるみもハトコもヤッちまったらさっさと卒業して逃げるしよぉ。根性ねえな」

「残ったヤツは鉄のパンツを穿《は》いてるようなカタブツばっかだしな」

不幸中の幸いと言うべきか、真央さん始め真面目派の数人は、次第に少数派として追い詰められてはいるものの、この実質ほぼ売春宿と化している「寮」で、なんとか半グレどもの餌食になるまいと、お互い身を寄せ合い、守りあって生活している。

もちろんおれは、真央さんたちを守るべく微力ながら、陰に日向《ひなた》に庇《かば》ったり助力しているつもりだ。彼女たちがコインランドリーに行くときはあえて廊下に出たりなどして、半グレどもに襲われないよう、部屋に侵入されたりしないよう、絶えず目を光らせていた。

安全に暮らすなら、この寮から出た方がいいと思うんだけど、寮から出ればＴＰ

Ｐ24を脱退することになるし、真央さんたちとしても自分たちは悪くないのだから、と意地でも辞めるつもりはないらしい。

もはやここまで来ると、意地と邪念の戦いという感じになっている。

そんなある日、おれはブラックフィールド芸能エージェンシーに呼び出された。

「寮に寄生している半グレの連中が、アイドルの個人情報を高く買うと、何度もネットに書き込んでいたことが判明したの」

じゅん子さんが調べ上げたログを見せてくれた。

『ＴＰＰ24のくるみちゃん、ハトコ、ちぃちゃんたちの携帯番号とか個人情報、なんでも判る方はメッセージでお知らせください。高価買取』

「同じアカウントから『アイドルの個人情報売ります』の情報も発信されているんだ」

室町も、そのログを見せてくれた。

『モデル・女優の三浦《みうら》サトミちゃんの本名・住所・実家の住所・出身校・今の携帯番号などなど売ります。当方、サトミちゃんの自宅近くのタツヤでバイト経験あり。サトミちゃんがＤＶＤ借りにきて会員登録したんで、個人情報ばっちりです。価格応相談』

「個人情報ダダ漏れですね……」

おれは呆然《ぼうぜん》としてしまった。

「そして、この売りますを書き込んでいる男が、この人物よ」

とじゅん子さんが言い、室町社長が画像を表示させた。

「当該ビデオレンタルショップの、防犯カメラから取得した画像がこれです」

パソコンのモニターには、ビデオレンタルショップのカウンターで、アイドルとおぼしき若い女性と接客している男、稲田の画像がはっきり映っていた。

「要するに、この男はいろんなアイドルの近所に住み込み、時にはレンタルビデオショップの店員にまでなって、ターゲットにしたアイドル多数の個人情報を収集していたのです。ついにはTPP24の支配人に深く食い込んで、そして支配人も彼らを便利に使って、アイドル集団を完全にコントロールしているのです。個人情報を握られたアイドルは、何をされても泣き寝入りで、たとえこいつらにレイプされても、卒業して逃げるしかないんです」

理系オタクは潔癖な人が多いのか、室町社長は怒りの表情で話した。

「訴え出れば撮影した画像をネットに流すぞ、と脅されます。守られるべきアイドルがひどい被害に遭っても、汚い手を使って、プロダクションぐるみで揉み消しているんです」

「はいこれ」

じゅん子さんがおれに、盗聴器のようなものを手渡した。

「見ての通り、盗聴器よ。半グレの部屋は管理人室の隣なんでしょう？　これを使って、24時間、監視すべきよ！」

「24時間って……おれがですか？」

「他に誰がいるの？」

実際には盗聴器なんか不要だ。連中は廊下でおおっぴらに悪事を喋《しゃべ》っているのだから。

「次は誰にしましょうかね？」

「ルミのグループとは大体ヤッたから、もう目新しさがないな」

「真央とそのグループは、まだコンプリートしてないっしょ？　真央をやりましょうよ」

「あの学級委員長か？　あいつはガードが堅いから……アイツ一人を落とす手間で、

他の女五人とやれるぞ」

　稲田はそう言って笑った。

　本当にクソ野郎だ！

　そこに正面玄関のチャイムが鳴った。

　オートロックの玄関に誰かが来たのだ。

　本来ならおれが訪問者を確認してドアを開けるのだが、中にいた本間と稲田がロックを勝手に解除してしまった。

　扉が開き、二人が廊下で来客を出迎えた。その話し声が聞こえてくる。

「おう、よく来たな」

「いいんですか……へえ、ここがＴＰＰ24の寮なんですか。信じられない。先輩、ほんとにここに住んでるんすか？　すごいなあ」

「ああ。おれは支配人の舎弟っつか、いわば右腕みたいなもんだから」

「いいなあ、すごいなあ。あの真央たんと、ひとつ屋根の下なんて、うらやましすぎるっすよ、マジで」

　そうかなるほど。おれはやっと判った。

　支配人室で半グレたちが呼んでもいいかと頼み込んでいた「真央たん推しの後

輩」はこいつなのか。

「まあおれの部屋に来いよ。とりあえず飲もうぜ」

本間がそう言っておれの隣の部屋に入った。

こいつらが酒を飲んだら何をするか判ったものではない。よく聞き耳を立てておこう。

おれは盗聴器のスイッチをオンにした。マイクは天井裏に簡単に設置できたのだ。

「ねえ先輩！　おれ、どうしても真央たんに会いたいんです！」

酔っ払った後輩は、しつこく繰り返した。まるで「パンケーキ食べたい」を連呼するタレントみたいだ。

「まあ、いずれ機会を見てな」

と本間がかわした。図々しい彼らにとっても、真央さんはさすがに苦手なのだ。

そこにドアが開いて、ルミの声がした。

「ステージ終わったよ〜。ミーティングとかウザいからぶっちぎって先に帰ってきちゃった」

「うわ〜〜〜！　すげー、ルミさんだ」

途端に後輩は盛りあがって狂喜乱舞した。

「まあまあ飲めよ。オツカレ～！」

と、宴会が始まって、一気に盛りあがった。

「おれとルミはこういう関係なんだぜ」

と稲田が言い、ルミが「うふふ。止めてよ。後輩君が勃ってるじゃん……」とか艶っぽい声を出したかと思ったら……。

ルミが、とんでもないことを言い出した。

「ねえねえ、もうすぐあのウザい学級委員長、つか真央が劇場から戻ってくるんだけどさ」

ここでルミが声を潜めて、稲田に囁《ささや》く声がマイクを通してかすかに聞こえてきた。

「あんたら全員で、あの女、襲っちゃってよ。三人いればいけるっしょ」

「どうしたんだよ。なんかあったのか？」

「いつものことだけどさぁ。今日はなんか、スゲームカついて……」

これは大変なことになった。

おれは青くなり、どうすればいいのか必死に考えた。しかし名案は出ない。

その間にも、ルミはどんどん話をすすめている。

「あのさ、あんた、名前なんだっけ？」

「ミハラです」

「ああ、ミハラくんね、こないだ真央に『あんたが推しだっていう、すごいファンがいるんだよ』って教えてやったんだ。そしたら真央、そういうファンならぜひ会ってみたいって。お礼が言いたいってさ。だからみんなで行こうよ。ちょうど、部屋に戻ってくる時間だから。真央の部屋、ここの向かいだから。たぶん、ヤレるよ」

いかん！　これは絶対に止めなければ！

おれは焦った。

人生最大の焦りだ。

が。そこに無情にも真央さんの声が聞こえてきてしまった。すぐに隣室のドアが開く。ルミの不自然に明るい声が彼女を迎えた。

「おかえり〜真央」

「ちょっと。ミーティングに出ないで先に帰っちゃダメじゃない。みんなでやっているんだから、最低限の決まりは守ってくださいね」

「あーはいはい、学級委員長さん、すいませんでした〜♪」

「謝るならきちんと謝って！」

「はいはい。サーセン」

という真央さんを煽《あお》り、怒らせようとするやりとりのあとで……ルミが切り出した。

「ところであんたに会わせたい人たちがいるんだ」

今だ！　今出て行かないと！

おれは慌てて廊下に出ようとした。

が。

何故か突然つまずいてしまった。

ばったりと倒れて顔を打ち、そこで方向感覚が全くなくなっていることに気がついた。

こんなに狭い部屋なのに、ドアがどこにあるのかも判らなくなってしまったのだ。

あ。この感覚は……。

この部屋は事故物件で、霊的現象というか怪奇現象が始終起きている。これまでは管理人として多忙だったので、怪奇現象が起きても無視していたのだが……。

おれが部屋の中でまごまごしている間に、外の廊下では事態がどんどん進んでいた。

ほどなく真央さんの悲鳴が聞こえてきてしまった！

「何をするんですか！　やめてください」

「おい、静かにしろよ」

「騒ぐなって！」

「部屋に入っちまおうぜ」

さらなる悲鳴と争う音。

真央さんが危ない！　なんとかしなければ！

「くそ！　こんな時に！」

必死で気を取り直し、もつれる足でようやく外の廊下に出てみると……。

時すでに遅く、真央さんは口をガムテで塞がれ首を押さえつけられてグッタリしている。

ミハラたちに抱きかかえられているが、スカートが捲《めく》れ上がって、白い下着が丸見えなのが痛ましい。

「何をしているんですか！」

……まさか殺したんじゃあ、とおれが言った瞬間、本間がおれを殴った。

「うるせえな、このクソ管理人！」

必死でやり返そうとしたとき、寮の中がさすがに騒がしくなり、こちらに近づいてくる足音もバタバタと、いくつか聞こえてきた。

「しまった！　真央の仲間に気づかれた」

「おい、マジでヤバいぞ」

半グレ二人とその後輩・ミハラは、グッタリした真央さんを抱えたまま、おれの部屋に入り込もうとしている。

「ちょ……何するんすか？」

おれは焦って止めようとしたが、一緒になって自分の部屋に引きずり込まれてしまった。

「いいか、お前は何も見ていない。いいな？　喋ったらタダじゃおかねえかんな！」

部屋に入った途端にボコボコと何発も殴られて……おれは目の前が真っ暗になり……そのまま意識を失ってしまった。

＊

……というそれまでの顛末《てんまつ》を警察の取調室で刑事に話したのだが、どうも秋葉原警察署は支配人に鼻薬を嗅がされているのか、日頃から警察の広報活動にＴＰＰ24が貢献しているせいなのか、おれの話を全く聞いてくれない。

「そうじゃないだろ！　お前が、管理人という立場を利用して、トップアイドルの真央さんを拉致監禁して、性的暴行に及ぼうとしたんだろ！」

「違いますよ。じゃあどうしておれは殴られてるんですか？」

「だから、抵抗した真央さんがお前を殴ったんだろ！」

「違います！　真央さんにきちんと話を聞いてくださいよ。あの時は真央さんも錯乱してましたけど、落ち着けばどうしてこうなったのか、ちゃんと思い出すはずですから！」

「今は駄目だな。真央さんは異様に興奮していたので、鎮静剤を打たれてお休み中だ。プロダクションの支配人や、その部下という本間さんや稲田さんからも話を聞いてる」

「だから、その本間や稲田が犯人なんですよ！」

どうもおれの顔が貧乏臭くて、雰囲気も貧乏臭くて胡散臭《うさんくさ》いので、言うことが全然信用されないようだ。

万事窮す！

しかし、取調室のドアが開いて、別の刑事が顔を出した。

「この飯倉について有力な証拠が出ました」

「ほほう？　なんだそれは」

おれを取り調べていた刑事が身を乗り出す。

「あ、勘違いしないでくださいね。管理人の飯倉さんは巻き込まれただけで、犯行には無関係だという証拠が出てきたんです。音声記録と、そして映像記録があります」

やつらがルミの部屋にまで仕掛けていた盗撮カメラの記録が、どうやら墓穴を掘った、ということらしい。

「そして、本間と稲田については、過去の悪事についての証拠が提出されました」

廊下から、黒田の野太い声が響いているのが聞こえた。

「飯倉はアホやけど、間違《まちご》うたことはせえへん！　あいつは一人で寮に巣くうてる悪漢どもに対峙《たいじ》して何とか退治してやろうとしてタジタジになりながらも……」

どうやらおれを弁護してくれているようだ……ということは判った。

ブラックフィールドの面々が動いてくれたのだ！　おれは安堵《あんど》のあまり、取調室の床に崩れ落ちた。

結局、ルミと支配人と本間、稲田、そして三原の五人が、過去の複数の強姦《ごうかん》、今回の真央さんに対する強姦未遂、ならびにその教唆などで逮捕・起訴された。

ＴＰＰ24は「スキャンダルにまみれた悪のアイドルユニット」とされて、解散が発表された。

懸命に頑張ってきた真央さんと「真面目派」グループは、別の芸能プロからスカウトされ、「熱血アイドル・生徒会執行部」という名前で再デビューするべく調整中らしい。

「あの時は……私、何がなんだか判らなくなっていて、管理人さんにひどいこと言ったと思いますけど、どうか許してくださいね」

真央さんは、おれに詫《わ》びてくれた。

「そんな……おれが管理人として力が足りなかったから、ああいう事になってしまったので……」

ＴＰＰ24が解散したので寮もなくなり、あの建物は元の「ファントム秋葉原」に戻り、おれもブラックフィールド芸能エージェンシーに戻った。

「しかし……真央さんが、どうしてここに？」

「ああ、言うてなかったか？　真央たちのユニット『生徒会執行部』はウチからデビューするんや！　で、お前は現場付きのマネージャーや！　ラムサール寧々《ねね》の失敗を反省して、頑張るんやぞ！」

黒田は激励なのか嫌がらせなのかよく判らないことを言ったが、おれは……実はとても嬉しかった。これからはルミや支配人や半グレたちに邪魔されることもなく、真央さんたちをバックアップできて、一日の大半を一緒に過ごすことが出来るからだ。

「でや、室町社長が直々に仕事を取ってきてくれた。『生徒会執行部』最初の仕事は、南イエメンに飛んで、『どうしてここ《こ》に日本人が？』ちゅう番組の体当たり取材や。自分で道を訊いてキップを買うて、自分で探してアポを取る……」

「あの……それってテイのいいタレント丸投げ番組じゃないですか！」

「そうじゃないですよ飯倉くん」

室町社長が言った。

「それをタレントにさせるのはあまりに苛酷なので、番組のテイとしては、あくまでも彼女たちが苦労して旅をする設定ですが……」

ニコニコしておれの肩に手を回しつつ室町社長は告げた。

「実際に取材対象を探してキップを取って宿を確保してアポを取るのは、キミの仕事です！」

第四話　「生徒会執行部」、沖縄へ！

「私、本当は沖縄に行くのが怖いんです。もしかしたら南イエメン以上に」

成田《なりた》空港第三ターミナルの出発ロビーで、真央《まお》さんがおれにぽつりと言った。ほかの面々が空弁《そらべん》を買いに行ったり、搭乗前にトイレに立ったりして、たまたまおれと真央さんとの二人きりになった、その時のことだった。

「おばあちゃん……いえ祖母から、お前は沖縄に行ってはならない。危険があるからって言われてたんです。でも大事なお仕事だし、こんなこと、誰にも言えませんし」

連城《れんじょう》真央さんは、不祥事がバレて解散したアイドルユニット「ＴＴＰ24」で、ずっとセンターを張っていた美女だ。グループの中でも一番人気があった。長い髪。大きな瞳。見るからに真面目《まじめ》で清純で、気性のまっすぐな、いわゆる学級委員長タイプなところが、多くのファンだけではなく、おれ、飯倉良一《いいくらりょういち》のハートまでを射貫《いぬ》いてしまった。

真央さんを含む「生徒会執行部」が所属していたＴＰＰ24は「スキャンダルにまみれた悪のアイドルユニット」と認定されてすでに解散している。

その中で懸命に頑張ってきた連城真央さんと「真面目派」だった二人、ちぃちゃんとくるみちゃんの面倒をウチが見ることになり、その初仕事が、南イエメンならぬ「沖縄体当たり取材」だったのだ。真央さんは続けた。

「だけど本当は不安でたまらなくて」

もしかして、おれは、凄《すご》く重大なコトを打ち明けられている……？

「飯倉さんは信じないと思いますけど、おばあちゃんには不思議な力があって、たとえばこれから起きることなんかを、おばあちゃんは言い当ててしまうんです……あ、ごめんなさい、おかしいですよね、私」

真央さんは少し恥ずかしそうに言った。

「いや、全然おかしいなんて思わないっすよ。そういう不思議なことが実際にあるのは知ってますから。たとえばＴＰＰ24の寮だった、あのマンションで……」

実はいわくつき物件だったファントム秋葉原《あきはばら》の一室で起きたいくつかの怪現象を、おれは話した。

「……そんなことがあったんですか。飯倉さんも大変だったんですね。でも、聞いていただいて心が落ち着きました。飯倉さん、誰にも言わないでね」

「もちろん、絶対誰にも言いません！」

真央さんが誰にも話せないことを話してくれた！　とおれは天にも昇る心地《ここち》になった。

そこにあや子《こ》さんとじゅん子《こ》さんが戻ってきた。両手に全員分の空弁を下げている。

「はいこれ、真央さんと飯倉くんの分。楽しみだなあ、沖縄！　ねえ、仕事なんかさっさと切り上げてプールで泳いだり、ビュッフェの食べ放題で、沖縄料理とアグー豚と沖縄スイーツを死ぬほど食べようよ！」

予算がない、時間もない、土地勘もない。ないないづくしの不安なロケがこれからだというのに、あや子さんだけは元気一杯だ。

「ソーキそばにラフテーにゴーヤーチャンプルーにクーブーイリチーに、あっそれからステーキも捨てがたいよね！」

「悪いけどあや子、そういうワケには行かん」

トイレから戻ってきた「ブラックフィールド芸能エージェンシー」の会長・黒田《くろだ》

が手を拭きながら言った。

「南イエメンロケが沖縄に変更になったんは、なんでやと思とんねん？　カネがないからや。スケジュールも二泊三日の中に、びっしり入っとる。マッタリしとるヒマないで！」

　食事もコンビニかハンバーガーチェーンや、と黒田は宣言した。

「まあ奮発して、国際通りの屋台村やな……それにしても、遅いな」

　黒田は時計を見た。

「ロケについて詳しい事は、局から来るディレクターがここで説明する……言うとったが」

　出発時刻の一時間前から、このロビーで打ち合わせという話になっていたのに、一向に現れる気配がない。

　そして十数分後。アメコミ巨乳美女のTシャツに薄汚いジーンズの男が、タラタラと歩きながら近寄ってきた。分厚い唇を歪《ゆが》めているのは、笑っているらしい。

「チーッス。制作会社テレトピアの御手洗《みたらい》でっす。御手洗厚平《こうへい》。オテアライではありまっせーん」

　なんだ、このヘラヘラ具合は？　おれは驚愕《きょうがく》した。三十代に見える男が、仕事の場でする初対面の挨拶とはとても思えない。

「彼がこの番組のディレクターや」

黒田が紹介すると、御手洗はどもどもと調子よく頷《うなず》き、出発ロビーのソファにドカッと座った。

「詳しい資料は那覇《なは》空港到着後に配りまっす。ちょっと時間が押してるんで」

ちょっと押してる？　搭乗最終案内が聞こえているのに？

「ま、よくある旅番組です。可愛《かわい》いアイドルがいっぺこっぺさるいてキャピキャピしよるんを楽しく撮れればよかですから、気楽にね」

御手洗はダハダハと下品に笑った。

発言の一部に理解出来ない言い回しがあるのが引っ掛かったが、御手洗は「生徒会執行部」の三人に目をとめ、軽いノリで言った。

「キミらか。まあ適当に頑張ってよ！」

「はい」

そう答えた真央さんは、ユニットの、他の二人の仲間に向かって呼びかけた。

「みんな、頑張ろう！」

「生徒会執行部」の他の二名、ロリ顔のちぃちゃん、そして、中学生にしか見えないくるみちゃんも、「おー！」と右手を突き上げて、団結を誓った。

次に御手洗はスタッフの中で一番目立っている黒田に目を止めて「ちょっと」と手招きし、離れたところに移動した。

「ちょっとね、あの子達を困らせたいんだよね。いいよね？」

御手洗は黒田に了解を取るように聞いた。

「要するに失敗させたいの。マジメなコたちがドジを踏むって面白いでしょう？　泣き顔なんか見せられたらもう、たまんないよ！」

ね？　と言った御手洗は、黒田の胸を軽く拳骨《げんこつ》で突いた。

「だから台本は見せず、ぶっつけ本番でやりたいの、それでいいよね？」

「まあ……それはエエけども」

黒田はムッとしている。

「あとでコンプラ……なんやったかな、カンプラチンキやったか、その……あれや」

「コンプライアンス」

「そうそう、そのコンプラなんたらで放送でけんようになった、ちゅうのんは困るで」

「大丈夫ですよ。なんせ、放送するのはお台場《だいば》テレビですって！」

内緒話のつもりなのだろうが、黒田も御手洗も全然声が小さくないので、おれには丸聞こえだ。

「生徒会執行部」の三人も、不安そうな表情を隠せない。御手洗が言った。

「カメラに照明、音声さんとか、ほかのスタッフはもう別便で飛んでますんで」

那覇空港でおれたちを待ち構えるというダンドリのようだ。

「じゃ、おれはアッパーシートをお台場テレビが取ってくれてるんで、先に行きますね」

御手洗はヘラヘラと先に行ってしまった。

「なんやあの態度は。出発時刻ギリギリにしか来《け》えへんのやったら、なんでワシらに二時間も待たすねん！」

怒り心頭の黒田はおれに当たり散らした。

「飯倉、お前、よもや手荷物は預けとらんやろな？　ＬＣＣやからカネかかるで！」

カバンを引き摺《ず》ってさっさと搭乗の列に並びに行く。真央さんがおれに言った。

「この座席の番号だと、まだかかりそうですね。もう一度、お手洗いに行ってきます」

おれも並び、やがて列が進み始めたが、真央さんが戻って来ない。

不安に駆られたおれは真央さんを探しに行った。すると。

スーツ姿の細身の男が真央さんに何かを突きつけ、しきりに話しかけていた。削《そ》げた頬と鋭い目つきが異様な殺気を放っている。スーツの下には鋼《はがね》のような筋肉が隠されていることが判《わか》り、おれは固まってしまった。

どうしよう……。できれば、あんなヤツとは関わりたくない。だがもうすぐ飛行機の扉が閉まってしまう。いや、それ以上に、真央さんがハッキリと嫌がっている。

「それはできません」

「だから、あんたはこれにサインするだけでいいんだから！」

男が真央さんに突きつけているのは何かの書類とペンだ。おれは決死の勇気をふりしぼった。

「どうしたんですか？　もうすぐ飛行機が」

真央さんに話しかけた瞬間、男は書類をサッと隠し、舌打ちをして立ち去った。

真央さんは真っ青になっている。

「大丈夫ですか？」と訊《たず》ねたが真央さんは、なんでもありません、と無理に笑った。

「本当に……なんでもないので、今見たことは誰にも言わないで」

沖縄までは正味二時間三十分のフライトだ。離陸した飛行機が水平飛行に移り、シートベルト着用のサインが消えたので、おれは隣のじゅん子さんに立ってもらってトイレに行った。

順番を待っていると、そこに真央さんもやってきた。

「あ、先にどうぞ」

と順番を譲り、おれは気になってつい、訊《き》いてしまった。

「あの、さっきの人ですけど、もしかして所属事務所を無理やり移籍させようとして、つまり引き抜きで真央さんのサインを……」

「あ、それは違うんです。あの書類は、私のおばあちゃんが持っていた、沖縄本島北部の、森の中の土地に関するものなんです」

お仕事とは何の関係もない、全くプライベートなトラブルなので、どうか気にしないで、お仕事は全力でやりますから……と真央さんはけなげに、にっこり笑った。

飛行機は無事、那覇空港に到着したが、後ろの座席だったおれたちが満席の飛行機から降りるのに、意外に時間がかかってしまった。

「何やってたんだよ！　遅いじゃねえか！」

先に降りて到着ロビーを出たところで待っていた御手洗はのっけから不機嫌だ。

「二泊三日でもスケジュールはギチギチに入れてあるから。雨が降ろうが嵐になろうがこなすからね、全部のロケを！　ハイこれヨロシク」

御手洗はペラいコピーをみんなに配った。到着後に配ると言っていた「詳しい資料」ってこれか？

「本日の予定。沖縄の有名心霊スポット潜入。有名パワースポット探検」

それしか書いていない。

「ちょっと、いいですか」

じゅん子さんが発言を求めた。

「沖縄には戦争で多数の犠牲者を出した戦跡が幾つもあります。『スポット』がそういう場所だとしたら、面白半分に取材するのは、絶対によくありません。亡くなった方々に申し訳が立たないし、冗談では済まないことになります」

御手洗は小さく「ちっ」と舌打ちをした。

「ナニあんた。綺麗事《きれいごと》言っちゃって。もしかして、サヨク？」

「私は常識的なことを言ってるだけです」

じゅん子さんの声には、絶対に引かないぞと言う気迫が籠もっている。

それでも不満げな御手洗は、黒田を見た。

「じゅん子はウチの頭脳や。言うとおりにしとき」

コワモテの黒田に威圧的に言われて、御手洗は舌打ちしながらも不承不承頷いた。

「ハイハイ判りましたよ。戦跡も、沖縄ナンバーワンのパワースポットもナシということで。けど、多少の事はやらないとねえ。お行儀のいい教養番組じゃないんだからさあ」

御手洗は不満そうだが、とりあえず「ありがちだが無難な心霊スポット」に行くことになった。

「建設途中で建築会社が倒産してそのまんまになったホテルの廃墟《はいきょ》です」

じゃあいくぞと御手洗は言い、全員が二台のワンボックスカーに分乗した。一台は御手洗と沖縄の会社のＡＤや技術スタッフの車。もう一台におれたちと「生徒会執行部」の三人が乗り込む。こっちの車の運転は、当然ながら、おれだ。

スタッフカーが先導してぐいぐい走り始めた。沖縄は初めてで、道を全然知らないおれは、ついて行くだけで必死だ。

到着したのは、空港から一時間ほどのところにある廃墟だった。

三人のアイドルが撮影用の衣裳《いしょう》に着替えている間に、おれたちスタッフは現場の下見をした。

「あ、ここ、知ってる！」

あや子さんがミーハーな声を上げた。

「沖縄の心霊スポットっていうと、必ず出て来るよ、この場所」

マジありがちだよね〜と煽《あお》ったが、御手洗は無視して「じゃあやるよ！」とスタッフに指示を出し、チェック柄の超ミニスカートに着替えたアイドル三人に説明をした。

「ここは心霊スポットだけに、幽霊が出る」

「こんな昼間から？」

横で聞いていたあや子さんが口を挟んだ。

「少年の幽霊が出るってんでしょう？　けどそれは夜じゃないの？」

「いや、夜まで待ってなんかいられない。スケジュールの都合があるんでね。あとから夜景を撮って編集するから、キミらも深夜に探検しに来ましたってテイでやってよ」

「それってヤラセじゃん！」

「あのね、これ、バラエティだからね。いいんだよ、そのくらいは」

「窓から陽《ひ》の光が入ってるけど？」

「あれは月光です。月の光。今はＣＧでどうにでも出来るから。じゃあ、カンペに書いてあるこの廃墟の説明を読みながら歩いて。で、キミ」

御手洗はおれを指さした。

「キミ、黒子の衣裳を着て、真央ちゃんの後ろから忍び寄って、どこかを触って合図して。それキッカケで三人ともきゃあぁぁって絶叫して。幽霊が出たって。ね。じゃあいこう！」

おれはいきなり黒子の衣裳を着せられて、三人の後ろから中腰になってついて行った。カメラに映り込まないためだ。

「では行きます。回して」

三人のアイドルの前で、後ろ歩きしながら撮っているカメラさんの後ろには照明さんや音声さんＶＥさんの他に、御手洗やＡＤさんに、黒田にじゅん子さんにあや子さんと、全員がぞろぞろと後ずさりをしている。

本来は玄関ロビーになるはずだった広い空間はコンクリートが剝《む》き出しで、天井から電気の配線が垂れ下がっている。侵入者が吹きつけたスプレーの落書きがあちこちにあって、それが不気味な雰囲気を盛り上げている。

真央さんがナレーションを開始した。

「あの……私たちは、沖縄の宜野湾《ぎのわん》市にある廃墟に来ています。ここは、今から五十年くらい前に建設が中断したままになったホテルで……実は幽霊が出るという噂《うわさ》で……」

「あ！　あそこ！」

とメンバーのちぃちゃんが突然、がらんどうの空間の一隅を指差した。これは完全に彼女のアドリブのようだ。カメラが素早く、ちぃちゃんが指差した方向にパンする。

「え？　どこどこ？」

と同じくメンバーのくるみちゃんが恐怖の表情を浮かべた。これもアドリブ。だが真央さんはと言えば、二人のアドリブに戸惑ってキョロキョロオロオロするばかり。

「真央はアドリブ出来ねえんだな……」

と御手洗の呟《つぶや》きが聞こえたので、今だ！　真央さんをサポートしなければ！　と思ったおれが彼女の脚に触ろうとした……その寸前。

がしゃーん、と派手な音がして何かが落下し、真央さんの口から、本気の悲鳴が迸《ほとばし》った。

「きゃあぁっ！」

ちぃちゃんとくるみちゃんも悲鳴を上げて、くるみちゃんに至っては本気で腰を抜かして倒れ込んでいる。

「いいぞ！　カット！　パンティ丸見え！」

御手洗は小躍りした。要するにそういう画が欲しいのだ。

おかしい、と、瞬間的におれは思った。収録に入る前に、一応屋内の安全は確認してある。いくら古いとはいえ照明器具が、それも真央さんのすぐ傍《そば》に落下するなんて……。

だが御手洗は何も気にする様子がない。

「彼女たちが腰を抜かして恐怖に引き攣《つ》った顔のアップに、おどろおどろしいナレーション。ええと……彼女たちは見てはいけないものを見てしまったのだ、とかナントカ、その線で適当にヨロシク」

御手洗の言葉をＡＤがノートに書き留めている。寡黙な男で年齢不詳の、ちょっと気味の悪い男だ。

そんな感じで、この「第一現場」の取材はなんとか終了した。

第二現場は、「有名なパワースポット」。

「斎場御嶽《せーふぁうたき》はダメって言いましたよね？　あそこは琉球《りゅうきゅう》王国最高の聖地だから、撮影は無理ですよ。判ってると思うけど」

「うっせーなー、あんた。細かいんだよ！」

念を押すじゅん子さんに御手洗は舌打ちし、「やぜろしか！」とまたも謎の言葉を吐いた。

「だからちゃんと適当なウタキを見繕ってあるって」

「なんすか、ウタキって？」

「御嶽と書いてウタキ。ウタキは琉球王国が制定した聖域のこと。琉球の神がいる、または来る場所であり、また祖先神を祀《まつ》る場でもあり、沖縄には各地にたくさんのウタキがある」

人間ウィキペディアであるじゅん子さんが高速でおれに説明し、御手洗に向かってさらに念を押した。

「ウタキは全部聖地です。『適当な』ウタキみたいなものはありません。そこのところもあなた、判っているんでしょうね？」

「じゅん子さん気にしすぎ〜」

呑気《のんき》なあや子さんが割って入った。

「マジメな撮影なら大丈夫じゃん？　そうだよね？」

御手洗は言葉を濁した。この男には最初からマジメな撮影をする気がないのだ。

そのウタキは沖縄南部の、海に面した断崖絶壁の頂上にあって、山道を登り洞窟を通り抜けた向こう側に、イビ石という神が降臨する標識とされる石碑がある。

「よんごひんご歩いて洞窟を抜けて」

「は？」

時折、御手洗が口にする意味不明の言葉に、みんなが首を傾《かし》げた。

「ええと、よんごひんごってのは、くねくねって意味。ストレートに行ったらすぐ着いちゃうからね」

洞窟を抜けたおれたちは、目の前に出現した絶景に歓声を上げた。石碑のうしろには、果てしない大海原《おおうなばら》が広がっている。まさに絶好の撮影ポイントだ。ところが……カメラマンが撮影の準備を始めたところで、それまで嚙《か》みつくように強かった陽射《ひざ》しが不意に和らいだ。鮮やかな青だった海原が緑色に変わり、断崖絶壁の下からは、白い霧が立ちのぼってきた。

昼間なのにあたりが薄暗くなり……そして大粒の雨までが降りだしたのだ。

「来た途端にこれ？　神様怒ってない？」

心配そうに訊くあや子さんに、現場で落ち合ったガイドさんが安心させるように言った。

「いえ、これは神様がお喜びになっていますよ。柔らかい風が吹き始めたでしょう？」

確かに、気がつくと海からの優しい風が、おれたちの頬を撫《な》でている。

「神域に入ると、こういう形で神様がメッセージを伝えてくることは、本土の神社でもよくあることだそうですよ」

もしかしたら皆さんの中のどなたかに、神様が会いたかった人がいるのかもしれませんね、と年配のガイドさんは言った。

雨はしとしとと降っている。さきほどまでの灼《や》けつくような陽射し、そよとも動かなかった熱い空気が嘘《うそ》のようだ。

その柔らかな雨が、神聖な場所をいっそう神秘的に見せていた。海は霧の向こうに白く霞《かす》んで見える。高い木々の枝を縫うように降ってくる水滴。地面から生えた植物の大きな葉を、その水滴が打つ音。はるか下から聞こえてくる、かすかな波の音。

自然の音に耳を澄ましていたら、視界の隅で、何か小さな黒いものが動いたので、ガイドさんがハッと思い出したように注意した。

「みなさん。足元に気をつけて。雨が降るとイモリが出てきます。沖縄のイモリは固有種で天然記念物であると同時に、神の使いとされる、大変大切なモノですからね」

それを聞いた御手洗がすかさずADを招き寄せ、何事か耳打ちをしている。どうせロクなことを考えてはいないのだろう。

さっきの廃ホテルでのアクシデントもある。おれは真央さんの周辺、特に上方にはそれとなく気を配り、注意深く観察した。

ビデオは回しっぱなしだ。「生徒会執行部」の三人が素直にこのウタキの神秘的な美しさと荘厳さに感動しているところを撮っている。

その時、洞窟の上方の崖に、何ものかが動く姿をおれの目は捉えた。

「危ないっ！」

叫ぶより早く、真央さんを突き飛ばすと、真央さんが立っていた場所に、大きな石、いや岩が激突し、大きな音を立てて割れた。

「なんやこれは！」

落石注意の立て札くらい立てとかんかい！　と黒田が怒鳴り、ガイドさんが「こんなことは今までに一度も」と恐縮するのをよそに、おれは真央さんが狙われていると確信した。

だが落石の恐怖も未《いま》だ醒《さ》めやらぬその時、突然、画面には登場しないはずの御手洗が、「じゃ～ん」と言いながら、カメラと、アイドル三人とのあいだに姿を現した。

なんなんだ、この人は。

「え～石が落ちてきたりして大変なところ恐縮ですが、この神秘的なウタキで、真央ちゃんの写真集用の写真を撮ります！　実はこのＡＤはカメラマンさんだったのです！」

寡黙で年齢不詳のＡＤさんも、一眼レフのカメラを手に、颯爽《さっそう》と画面の中に現れた。

「カメラマンの篠山田《しのやまだ》です。では始めますか」

それまではＡＤだった篠山田がわざとらしくカメラを構える。

「いえあの、衣裳はこのままですか？」

三人は廃墟ホテルで尻餅をついた時と同じ、超ミニスカートのままだ。

「大丈夫。真央ちゃんにはちゃんと用意してありますよ〜。一度車に戻って着替えようか」

じゅん子さんとあや子さんが傘を差して真央さんに付き添い、車に戻って行った。衣裳さんもメイクさんも居ない、超切り詰めたクルーなので、じゅん子さんとあや子さんが衣裳とメイクを兼ねているのだ。

しばらくして、真央さんが戻ってきたが、その衣裳を見て、全員が「おお」と感嘆の声を上げた。

「どうです。ウタキで神を祀る、琉球王朝代々の巫女《みこ》、ようするにノロの衣裳を、これは復元したものですよ！」

御手洗が自慢げに言った。

この男の仕事だけに、時代考証的に正確かどうかは判ったものではないが……金色の布を額に巻き、全体がまるで白い大きな鳥のような……ＹｏｕＴｕｂｅで見たことのある、ジュディ・オングという往年の大歌手が着ていたような、袖と裾が長くてレースというかベールというか、形容しがたい真っ白な衣裳をつけた連城真央さんは、まさに「本物の琉球王朝の巫女」にしか見えなかった。

神秘的な、有り難いような……神々《こうごう》しいとはまさにこのこと、としか言えない美しさだ。

元から真央さんのひそかなファンであるおれはもちろん、全員が彼女の美しい姿に見惚《みと》れてしまった。

「いいねえ。いいよいいいよ！」

御手洗が軽薄に煽り、カメラマンも無言のまま、シャッターを切りまくった。

最初からこういう趣向だったのか、それともこれは、ドッキリか……。

どうも話がうますぎるのではないか、とおれが内心危惧していると、果たして
……。

「あっ！　なんてことをしてくれたんだ！」

突然、御手洗が叫んだ。

彼が指差したのは、「生徒会執行部」の小動物系ロリ少女、ちぃちゃんの足元だ。

そこには……あろうことか、大切なイモリの死骸が転がっているではないか！

「オマエ！　踏み殺したんだろ！」

激怒した御手洗は、違います違います！　と泣きそうになっているちぃちゃんの言い分は完全に無視して、ここぞとばかりに怒鳴り上げた。

「どうするんだ？　取り返しがつかないぞ」

御手洗は絶望する身振りで天を仰いだ。

「沖縄固有種で絶滅危惧種で天然記念物で、おまけに神の使いだというのに。これはもう、死んでお詫《わ》びするくらいの悪事じゃないですか？　ね、そうでしょう？」

御手洗はガイドさんに同意を求めた。

「いえ……そこまでは……ワザとじゃなければ神様もお怒りにはならないと」

ガイドさんは当惑しているが、御手洗はヒートアップするばかりだ。

「お前ら！　謝罪の気持ちを表すために、今すぐ土下座しろ！　センターの真央も一緒にだ！　メンバー三人の連帯責任だ！　土下座して神様に謝れ！」

ちょっとこれはおかしい。

なによりも憧れの女神さま・真央さんが土下座させられる事態など、絶対にあってはならない……そう思ったおれは、とっさに前に進み出ていた。

「ちょっと待ってくださいよ、御手洗さん！　わざとやったわけじゃないのに、それはひどすぎるっすよ。雨だって降ってるし」

「いいや！　土下座だ！」

御手洗は一歩も退《ひ》かない構えだ。

「いいです。謝ります、私たち」

真央さんがそう言って、三人がイビ石に向かって正座して、両手をついた。

その時。

海がピカッと光り、どどーんと大きく雷鳴が轟《とどろ》いた。光の矢が一直線に目の前の海面を突き刺すのを、おれたちは目の当たりにした。

次の瞬間、真央さんがするするっと浮き上がるように立ち上がった。その口からだと思うが、真央さんの声とは全然違う、太くて低い、不思議な声が流れてきた。

「そのイモリを殺したのは薩摩《さつま》の家臣の末裔《まつえい》である御手洗、そなたであろう。聖域を玩《もてあそ》ぶのは控えよ！」

真央さんの指先は、まっすぐに御手洗を指し示している。

なんだこれは？　一体何が起こったんだ？

おれたち全員が呆然《ぼうぜん》とする目の前で、さらに信じられないことが起こった。

死んでいたはずのイモリが突然ピクピクと動き出したと思った次の瞬間、黒い小さな生き物は手足を動かし、するすると走って逃げてしまったのだ。

濡《ぬ》れた地面を走り、岩の隙間に素早く逃げ込んだイモリは、二度と姿を現さなかった。

ガイドさんは「おお、神様のお力じゃ！」と感激し、やがて真央さんも我に返った。

「あの……私、いったいどうしていたんでしょう？」

彼女は何も覚えていないらしい。

御手洗も思い切り首を捻っている。

「おかしいな。たしかに息の根をとめたはずなのに……」

「ちょっと待った！」

これは聞き捨てならない。おれは思わず声を荒げてしまった。

「ってことは、イモリを殺したのは御手洗さん、アンタだったんでしょう？」

「いやまあ、いいじゃないか。これ、ドッキリなんだし」

その言葉にまたしても全員が呆然となった。

「いやだからさ、そもそも写真集って言う話がドッキリなの。最初からウソなの。でもって、写真集出版決定！　という歓喜の絶頂から、聖なるイモリを踏み潰してしまった、という不運のどん底に突き落とされた三人が土下座して、大泣きしたところで、このAD君が黄色いヘルメットを被《かぶ》って『ドッキリでした〜』とバラすってダンドリだったのに……まさかイモリが生き返るなんて……」

「なんやそれは」

　ようやく黒田が怒った。黒田は怒ると怖いけど、何時怒るか、そして誰に怒るかを計算しすぎるところがイヤらしい。

「写真集のハナシは嘘かいな！　道理で事前に何も聞かされんかったわけや」

　御手洗は一応黒田にも謝ったが、それはドッキリが不発だったことに対してだったのかもしれない。

「しかし御手洗はん。あんた薩摩のお人やったんか？　しかも武家の出とか？」

　黒田が確かめると、御手洗は「そうですよ。それもかなり身分の高い家柄でね」と胸を張った。

「ああ、だからか！」

　あや子さんがハタと手を打った。

「アンタ時々意味不明のこと口走ってたけど、あれは薩摩弁だったんだね！　いっぺこっぺ、とか、よんごひんご、とか、やぜろしか、とか」

「御手洗さんと、なんとなく波動が合わないと感じていたのは、そのせいなのかも」

　濡れてしまった髪を、あや子さんが差し出したバスタオルで拭きながら、真央さんがサラッと言った。

「琉球は薩摩にずいぶんひどい目に遭わされたんですよね？」

じゅん子さんが話を振ると、真央さんは深く頷いた。

「そうなんです。知っててくれて嬉《うれ》しいです。琉球は造船や築城の技術でも、同じ時代の日本の本土より進んでいたんですよ。大陸との貿易で、とても豊かでもあったんです。なのに、薩摩に全部収奪されてしまったんです。薩摩上布《じょうふ》は、実は琉球上布だし、サツマイモだって、琉球に伝わったのが先なのに」

バツが悪そうに御手洗がこそこそと逃げだそうとしているところに、ニセカメラマンだったＡＤが車の窓をノックした。

「撮った分のプレイバック、見ますか？」

「土下座してるとこなんか見たくないよねえ」

真央さんに同意を求めるあや子さん。だがＡＤは不思議そうに言った。

「それが……何故《なぜ》か土下座シーンが撮れてないんです。真央さんがポーズを決めて写真を撮られてるところはきちんと映ってるのに、土下座のところだけがポンと抜けていて……」

おれたちはみんなでスタッフ車に行き、モニターでプレイバックを見た。

「……ほんとだ。ドッキリの土下座がない」

おれは驚いたが、カメラマンもＶＥさんも首を捻るばかりだ。

「いや……確かに撮ったし、機材トラブルも起きていないのに……不思議だ……」

「まあいいや。済んだことは仕方がない」

微妙な空気を察知した御手洗が言った。

「とにかく、おやっとさあ！　あ、これはお疲れ様って意味ね。今日の分はこれで終了で。那覇のホテルに帰って、夕食にしよう」

静止ボタンを押されたモニターには、真央さんの、神秘的なまでに美しい立ち姿だけが映っていた。

＊

ヤラセと、落石と、そして未遂に終わったドッキリとでグダグダになった本日分のロケが終わって、おれたちは那覇市内のホテルに着いた。

ここは那覇の国際通りに面していて、とても便利なホテルだが、駐車場が離れている。

ら」

「エイサーでどこのホテルも満杯です。ここを取るのだって大変だったんですか

文句は言わせない、という顔つきでじゅん子さんが説明した。

スタッフカーは機材満載で運ぶのが大変なので特別にホテルの裏手に駐《と》めさせて貰《もら》ったが、我々の「キャストカー」までは置けない。

フロントで渡された案内図を片手に、おれは「カーストップ第四駐車場」にワンボックスカーを駐めにいったのだが、すぐに判るはずの駐車場が見つからない。

おれは焦りつつ、国際通りの裏手にあたるその一角をグルグルと何度も廻《まわ》った。

気がつくと三十分が経過していた。この後夕食の予定で、みんな腹を空《す》かしておれを待っている。特に黒田は空腹になるとメチャクチャ機嫌が悪くなる。この分ではどれだけ激怒していることか。考えるだけでも怖ろしい。

もういいや、と「第五駐車場」に駐めることにしたが、最悪なことにおれは車庫入れがモーレツに苦手だ。

おれは、脂汗をタラタラ流しながら、何度も切り返しを重ね、四苦八苦して、やっとの思いで駐めた。

「遅かったやないか！　ボケが！　車くらいチャッチャと駐めて来んかい、このカス！」

ホテルのロビーで待ちくたびれていた黒田が、案の定キレた。いつもなら「まあまあ」と宥《なだ》めてくれるじゅん子さんもあや子さんも、ランチ抜きで空腹のせいか、険しい顔で、無言のままだ。

「一時間やぞ！　このクソが！　御手洗たちは先に食いに行ってしもうた。ちゅうことはどういうことか判るか？　わしらの分は自腹いう事や！　御手洗について行ったら製作費で飲み食い出来たのにな！」

ケチで器の小さい黒田の怒りはとどまるところを知らない。

「あんじょう第四に置いてきたんやろな！」

喚《わめ》く黒田に説明する気力もなく、おれは駐車場のレシートを見せた。

「なんやこれは！　第五やないか！　一晩置いたら一万五千円かかるで。このダアホが！」

次の瞬間、おれはロビーの床にふっ飛んだ。

「いますぐ、入れ直してこんかい！　このボケカスアホンダラ！」

黒田は駐車料金表を振り回して激昂《げきこう》した。

「ワシらは屋台村にメシ食いに行くよって、そのあいだにやり直しとけ！」

あまりの仕打ちに、おれはロビーに突っ伏して泣いてしまった。あまりに疲れ、あまりに空腹で、あまりに情けなく、もはや立ち上がる気力もない。

そんなおれの手を、誰かの柔らかい手が握り、優しく引き起こした。いい匂いもする。

「ま、真央さん！」

目の前にいたのは、おれの女神さまだった。

「私、免許とったばかりなので、車庫入れの練習をしたいんです。一緒に行きましょう」

「え？　いいんですか？」

天にも昇る心地とはこのことか。空腹も疲れも怒りも、そういうマイナスの感情は一瞬にして、すべて消し飛んでしまった。

ホテルを出て「第五」駐車場に向かう。

おれが駐めたワンボックスカーの状態を見た真央さんは絶句した。

「正直、ヘタクソですよね」

躰《からだ》の芯がジンとしてしまった。女神さまに叱っていただけた！　という歓喜の気持ちが沸々と湧いてくる。おれは……マゾなのかも。

真央さんが運転席に座り、おれは三十分ぶんの料金を払って、車に乗り込んだ。

真央さんはホテルから渡された地図を手にとってじっくりと見た。

「あ、判りました。飯倉さんは目印を見落としたんです。疲れてるんですね？」

真央さんは車を出して、ゆっくりとワンブロック廻ってホテルの前を通過して、狭い道を左折すると、その奥には指定された駐車場がちゃんとあり、真央さんは数度の切り返しで見事に車を入れてしまった。

「神業です！」

「え？　こんなの、普通ですけど」

優秀な人は、何もかも優れているのだなあとおれは思って、自分の不甲斐《ふがい》なさを恥じた。

「それじゃ屋台村に行って、みんなと合流して、ごはんを食べましょう！」

「第四駐車場」から、みんなのいる屋台村は目と鼻の先だ。

それが残念でならない。おれとしては、真央さんと一緒に、もう少し歩きたいのに……。

などと、過ぎゆく時を惜しんでいると。

突然、声をかけられた。しかも英語だ。

「ユー・プリティガール！　ワナハバ・グッタイムウィザス？」

二人連れの白人がニヤニヤしている。

おれは英語は出来ないが、シチュエーション的に、そして連中の表情とふざけた声の調子で、真央さんをナンパしてきたことは判る。

二人はいずれも金髪のイケメンだが、タイプが違う。

一人は派手な金髪を長くしたチャラい感じの男。ジャケットを着て、一応きちんとした格好をしている。

もう一人は筋肉モリモリのマッチョマンだ。アメフトの選手のような体格で、髪はクルーカット。タンクトップ越しにボディビルダーのようなムキムキを見せつけている。

「ソリー。アイムゴーイントゥ・ハバディナーウィズマイフレンズ」

真央さんは流暢《りゅうちょう》な英語できっぱり断った。ん、だと思う。

しかし白人二人は全然諦めない。「いいじゃないか」とばかりに真央さんの腕を取り、肩を抱こうとした。

「ノー！　ストップイット!!」

真央さんはハッキリ拒否したのだが、二人組は引き下がるどころか真央さんを抱き寄せて、キスまでしようとするではないか！

おれのカラダは、真央さんを守らねば！　という気持ちだけで反射的に動いた。

しかし。

二人組はただの観光客ではなかった。おれが一歩前に出た瞬間に、すべてが終わった。

たちまち何発も殴られて車道に飛ばされた。車に轢《ひ》かれそうになり、死ぬ気で立ち上がった途端に街灯に頭をぶつけて、そのままへたり込んでしまった。

おれは、激しい頭の痛みと霞む視界で、真央さんが二人に腕を摑《つか》まれて拉致されるところを、呆然と見送るしかなかった。身体《からだ》がまったく動かなかったのだ。

どうしよう。真央さんが……おれの女神さまが、連れ去られてしまう！

だがその時。絶望したおれの目の前を、赤い影がよぎった。

「シィイーット！」

ブロンド男が頭に手をやり、何かを振り払おうとしている。その頭に取りついて金髪を引っ張り毟《むし》りまくっているのは、信じられないことに子どもだ。いや、子どもにしか見えない。

髪が赤い。カーキ色のショートパンツのような服以外は裸だが、その肌の色も赤味がかっている。沖縄で日焼けをすると、こんな色になってしまうのか。

その赤い子どもはブロンド長髪野郎の顔面にも容赦ない攻撃を加え、次の瞬間、長髪野郎は目を押さえて地面に倒れていた。

「ワッザヘルアーユードゥーイン？」

相棒の筋肉ムキムキマッチョ男が絶叫し、子どもに襲いかかる。だが赤い子どもは驚異的なジャンプ力で跳躍した。マッチョ男の頭上から飛びかかり、ふたたび目潰し攻撃を加え、ひらりと地上に降りてよろめく筋肉男の足にタックルすると筋肉野郎は派手に転倒し、近くのゴミ箱に頭から突っ込んだ。

「逃げましょう！　飯倉さん」

真央さんに言われるまでもない。逃げるなら今しかない。手をつないで必死に走り、近くの屋台村に逃げ込んだ。

金髪豚野郎二人組に殴られた頭の痛みとショックと恐怖、加えて空腹もあって、あの子どもは何者なのか、加勢しなくて良かったのかなど、そんなことを考える余裕もない。

屋台村の、狭い路地に建ち並んだ昔風の店の中の一軒で、黒田たちを見つけた。

店のガラス戸の外側の、ビールケースや丸椅子を並べて設《しつら》えた席で、黒田は泡盛をガブ飲みしている。路地には大勢の観光客が行き交い、縁日のアセチレンランプのような照明がまばゆい。

ようやくおれたちは安心することが出来た。

「なにやってたんや？　オマエはアホか？」

真央さんとおれの危機一髪など知るよしもない黒田は、すでに完全に出来上がっている。

「まあ、何か食え。ただし安いもんにしとけ。あ、真央ちゃんはなんでも注文してエエで。アグー豚の丸焼きとか、どや？」

黒田の依怙贔屓《えこひいき》丸出しぶりに、同じ「生徒会執行部」の、ちぃちゃんとくるみちゃんはさすがに複雑な表情になった。

「あ、いやいや、あんたらも食べたいもん何でも頼んでエエねんで」

やっと空気を読んだ黒田は、二人にも笑顔を見せて「どんどんやっててんか」と勧めた。

隣の席は若者二人連れだ。エイサーで帰省したとおぼしき若者と地元の友達が「やっぱりここは美味《うま》いよな。締めには別の店でソーキそばを食べようぜ」などと話している。

テーブルにおれは、真央さんと並んで座った。真央さんがおれに小声で言った。

「さっきのあの子ですけど」

誰のことかは説明されなくても判る。

「キジムナーだったんじゃないかと思います」

なんだそれは？

沖縄に昔からいると伝えられる、ガジュマルの木に宿る精霊なのだ、と真央さんは教えてくれた。

「おばあちゃんは何度も見たそうです。沖縄の戦争で本島の南が銃弾と砲撃の雨になって、キジムナーたちも北部の山原《やんばる》に、島の人たちと逃げて行きました。でも最近は、だんだん南に戻ってきていて、こういう繁華街にも姿を見せたりするそうですよ」

真央さんは注文したグルクンの塩焼きから、慎重な手つきで目を取り外そうとしている。

「こちら側が左目で間違いないですよね？」

取り出した左目を、これも頼んで持ってきてもらった新しい小皿に載せた。目の前に置いた小皿に手を合わせ、真央さんは拝んだ。

「これはお礼のつもりです。キジムナーは、お魚の左目が大好きなんです」

慌てておれも一緒に手を合わせた。

「なんやそれは？　何のまじないや？」

黒田が見つけてすかさず突っ込んでくる。

「まあエエわ。イワシの頭も信心から、言うしな。明日のロケがあんじょう行くよう祈ってや」

「キジムナーだけじゃなくて……飯倉さんにもお礼を言わないと。さっきは本当にありがとう」

真央さんがおれを見つめて囁《ささや》いた。透明ガラスの電球からのまばゆい光に、真央さんの大きな瞳がきらきらと輝いている。

まるで夢のようだ。

「え？　おれですか。とんでもない。何もできなかったのに」

「でも、私を助けようとして、あの二人に向かって行ってくれたでしょう？　嬉しかったんです。最近、誰も、何も信じられないようなことばかり続いたので」

真央さんの黒い瞳に、屋台村のアセチレンランプのような光量のＬＥＤが反射して潤んだように輝いている。真央さんが自分を、今は自分だけを見つめてくれている！

おれは感激した。

「飯倉さんにだけは本当のことをお話しします。今日は二回も、身体を張って私を守ろうとしてくれたから」

真央さんに感謝されるのは大いなる名誉だ。

「成田空港で、私に近づいてきた男の人がいましたよね？　スーツを着た」

「見ました。もしかして……ウタキで石を落としたのも」

「たぶんその人だと思います。私を脅そうとしているんです」

スーツの男が真央さんに押しつけていた書類は、土地譲渡に関する委任状で、彼女にサインを迫っていたらしい。

「沖縄の土を当分、踏んではいけない、っておばあちゃんが言うのは、スピリチュアルなことだけではないんです。もっと俗っぽい問題があって」

真央さんは話を続けた。

「私の一族が沖縄本島の北部の森の中に土地を持っているって、飛行機の中で言いましたよね？　祖母が管理していたのですけど、もう高齢だからと私名義に書き換えたんです。それから、その土地を売れとしつこく迫る業者のヒトが出没するようになって。おばあちゃんのところにも何度もスーツを着た弁護士さんと名乗る人がやってきました。土地を売れって。でもそこには住んでいる人たちがいて」

その中には琉球漆器を作っている人がいるのだという。

「澄んだ小川と、深い緑の森があるので、そこの木と水を利用して、とても綺麗な漆塗りの器を作るんです。知ってます？　デイゴやガジュマルは狂いが生じないので、漆器にはとても向いている木なんですよ。その人たちを追いだして森の木を切って水を汚して、ヘリコプターの発着場を作るなんて、とてもできない、っておばあちゃんは言うんです。私もそう思います。だけど、その土地を売らないと何が起こるか判らないぞって脅されて」

「警察に言うべきですよ！」

「相談してみたんです。最初はお巡《まわ》りさんも親切に話を聞いてくれたんですが……その土地の件が絡んでいると判ったら、急に態度が変わって、上の人に相談して返事しますと言われたっきりになって……二度目に相談に行くと、露骨に、『それは、素直に相手の人の言うことを聞いたほうがいいんじゃないの？』と言われてしまって」

真央さんはそう言って肩を落とした。

もしかして御手洗までがグルだったら？

おれの心も千々に乱れた。

と、テーブルの下で真央さんの手が伸びてきて、おれの手をそっと握った。信じられないほど柔らかで、すべすべした、女神さまの手。その手がおれの手を握ってくれている！

女神さまは心細いのだ。だから別におれの手ではなくても良いのかもしれない。

それでも……。

もう死んでもいい。今、この瞬間に。

おれは本気でそう思った。

気がつくと、目の前の小皿から、魚の目玉が消えていた。

*

翌朝。

駐車場は遠く、部屋も狭いホテルだけに、食事もまったく期待していなかったのだが、予想外に美味《おい》しい朝食ビュッフェにおれは感激した。

豆腐チャンプルーなどの沖縄家庭料理が絶品で、スクランブルエッグがこれまた美味い。玉子が新鮮なのと牛乳が美味しいからか？　そういえばここの牛乳は濃厚で美味しいし、ジュース類、そして数種類のパンも、何度もお代わりしたくなる美味しさだった。

洋風の生活が定着しているせいかもしれない。一般民家にしてもコンクリートの、お洒落《しゃれ》な造りのものが多いのだ。

「ええっと今日は、名護《なご》まで一気に北上して、まずは本部《もとぶ》半島の瀬底《せそこ》ビーチでサカナへの餌やり体験をして、それから名護の東にあるマングローブの森を流れる川を遡上してカヌー体験。昨日は『スピリチュアル』、今日は『自然』がテーマの撮影ということでよろしく！」

御手洗は厳しい表情で付け加えた。

「二箇所とも那覇から遠いし、ケツカッチンなんで今日のスケジュールはタイトだからね」

どうしてケツカッチンなのか判らないまま、一応、ハイと全員が御手洗に従った。

高速を使って二時間ぶっ飛ばし、降りたあとはコンビニに寄ってサカナに与える魚肉ソーセージを大量に買い、そこから山の中のクネクネした道を走り抜けて、おれたちは沖縄本島の海岸を目指した。

山道には信号がほとんどないのだが、それでも、目的地である「ひるぎ自然塾」に到着した時には、すでにお昼を過ぎていた。

「さあ、カヌーに乗るよ！」

全員ライフジャケットつけて、と御手洗はスタッフに準備を急《せ》かした。

「あの、御手洗さん？」

ダンドリが違うのでおれは確認した。

「瀬底ビーチでサカナに餌をあげるのは？」

「ああ、そっちは時間がないから割愛。今日はカヌーをじっくり撮って、那覇に戻る」

「ええと、あなたが御手洗さん？」

現地のカヌー体験ツアーのガイドさんが話しかけてきた。日焼けしたベテランの初老の男性だ。

「まだちょっと時間が早いんですけど。満潮になる時刻に合わせて夕方来てほしい、と私は電話で言いましたよね？」

「あ……そうでしたっけ？」

御手洗はトボケた。

「そうですよ。上げ潮に乗ってカヌーは上流に向かうんです。干潮だと、水深が浅くなって、カヌーが座礁して動けなくなるんです」

「そんなの大丈夫でしょ？　川の深いところを行けばいいじゃないですか」

「どこが深いかなんて、地元の人間にしか判りませんよ」

「しかしねえ。我々は、何としても十七時までには那覇に戻ってないといけないんですよ。じゃないと行きつけのキャバク……」

そこまで言った御手洗は慌てて口を噤《つぐ》んだ。

要するに、キャバクラの口開けに間に合わないという意味だ。

「駄目です。どんな事情があろうとも、あと二時間は待って貰わないと！」

ベテランガイドは強く主張したが、御手洗は「二時間も待てない！」と言い張った。

「そうですか。こっちの指示に従ってくれないんだったら、案内は出来ませんね！」

「イイよガイドなんか。その代わり、カヌーだけ貸してくれ」

御手洗は妙に強気だ。

「つか、むしろ失敗したほうが、テレビ的に面白い画が撮れるんだよ！」

「なんだって？　あんた、自然を舐《な》めたらいけないよ」

「だから、あんたは来なくていい。カヌーくらい、教わらなくても操作できるんだから」

乗る時だけがちょっと難しいんだと、御手洗は傲慢に言い切った。

しばらくすったもんだした挙げ句、カヌーは貸すが、それ以外の事には責任を持たないという一筆を入れて、ようやく出発できることになった。

「じゃ、行くよ！『生徒会執行部』の三人は一緒のカヌーに乗って」

「わしとあや子は一緒に行く。もう一艘《いっそう》には飯倉とじゅん子が乗れ」

黒田は黒田で勝手にダンドリをして、おれも小型カメラを持たされて、御手洗も自分でカメラを持って、メインカメラと合わせて三台を同時に回すことになった。

カヌーの操作は、御手洗の言うとおり、難しくはなかった。パドルを水中に入れ、水を後ろに押すように動かせば、カヌーは進む。逆方向に動かせばブレーキになる。

最初のうちはそれなりに水深もあり、引き潮で流れに逆らう形にはなるが、川上に向かって漕《こ》ぎ進むのはそれほど大変ではなかった。

意外に疲れるものではあるが、まわりの自然の素晴らしさがそれを忘れさせた。

涼しい川風。

なめらかな水面《みなも》。

頭上に迫る木々のあいだから降り注ぐ、南国の陽射し。

川面《かわも》に迫る木の枝と、入り組んだ木の根。

その合い間を飛び交う小鳥たち。

河岸の柔らかい土には、カニが出入りする穴がいくつも開いている。

ああ、自然っていいなあ！

そう思いながら、ついついおれが撮る映像は、真央さんのアップばかりになってしまう。

と、その時。「ちょっと、お腹《なか》すいた～」という声が聞こえてきた。

食事をしたい、とあや子さんが訴えているのだ。

「朝ごはんを食べたっきりだよ。もうとっくにお昼過ぎじゃん！」

「あや子、お前、アサメシをあんなに仰山食べとったやないか」

「それはそれ、ランチはランチでしょ！」

「時間が押してるんだ！　メシは収録の後！　我慢してね！」

怒鳴る御手洗。

その言葉が災いを呼んだのか、「生徒会執行部」の三人が乗ったカヌーから悲鳴が上がった。低く張り出したマングローブの木の枝に突っ込んだカヌーが、身動き取れなくなってしまったのだ。

「動きませ〜ん。どうしよう……」

おれは慌てて指示を出した。

「ええと、パドルで木を押して、カヌーをバックさせて……」

「やってみます」

そう言ったちぃちゃんが慌ててパドルを持ち替えようとした瞬間、今度は隣のカヌーから悲鳴があがった。ちぃちゃんがパドルで、すぐ近くにいたカメラマンを思い切りぶん殴ってしまったのだ。しかもボコッと音がするほどのクリーンヒットだ。

「うわっ」

カメラを構えていたので咄嗟《とっさ》にはバランスが取れず、川にざんぶと落ちてしまった。

カメラも当然、道連れだ。

「うわ〜。カメラを助けてくれ！」

幸い川は浅い。カメラマンは必死で腕を上げ、カメラを頭上に掲げている。それを受け取ろうと手を伸ばし、思わず立ち上がったADさんまでがバランスを崩した。

今度はカヌーそのものが大きく傾いて、VEさんもろとも川に転落してしまった。

「何しとるんや飯倉！　ちゃっちゃっと川に入ってスタッフさんたちを救助せんかい！」

黒田にそう命じられて、おれは着衣のまま川に入った。救命胴衣をつけているから溺れることはないのだが……。

「危ない！　カヌーが沈んでいます！」

今度は真央さんが悲鳴を上げた。

見ると、真央さんのカヌーの底に穴が開き、水がどんどん噴き出している。

「ついさっきまで大丈夫だったのに……」

穴を塞ぐ間もなく、水はあっという間にカヌーの中一杯に溜《た》まってしまった。

「総員、下船！　船を捨てるんだ！」

黒田が怒鳴り、三人はびしょびしょに濡れながら川の中に入った。

「やっぱり……私は沖縄に来るべきではなかったのかも」

幸い川は深くないが、真央さんは真っ青になっている。

と、その時。ビン！　と音がして、真央さんの頭上に突き出したマングローブの枝に矢が突き刺さった。

「なんや！　まるで時代劇や！」

そう言いながら黒田は矢を抜き取り、矢に結びつけられている白い紙を外して読んだ。

「矢文やないか。……委任状にサインしろ。次は木ではなくお前のカラダを狙う。なんやこれは？　脅迫か」

「何でもありません。気にしないでください」

真央さんは気丈にそう言ったが、その声は震えを隠せない。

思ってもみなかった展開に、全員はすっかり動転している。結局、服も機材もずぶ濡れの泥だらけとなり、さすがの強気の御手洗も、「撮影中断」を宣言するしかなくなった。

しかもおれたちの乗ったカヌーは全艘が川底に接地、つまり全部が座礁していた。

「だからガイドさんの言うことに従うべきだったんだ！」

「こうなってしまった以上、仕方ないですね」

現実的なじゅん子さんが現実的な案を出す。

「カヌーはこのままにして、とりあえず手近な岸から陸に上がって、歩いて戻りましょう」

他に名案もなく、我々は全員、今度は岸にたどりつくために悪戦苦闘することになった。

一歩ごとに泥に足をとられ、マングローブの根にすがって、ようやく固い地面に這《は》い上がった時には、もうこれ以上動けないのではないか、と思うほどに疲れていた。

「ちょっと、誰か食べるもの持ってないの？　お腹がすいて死にそうだよ！」

「魚肉ソーセージならありますけど」

サカナの餌用に買ったギョニソを差し出したら怒られた。

「きちんとしたものが食べたいの！」

吠《ほ》えるあや子さんをじゅん子さんが宥める。

「ここなら河口より国道が近いです。そこまでたどり着けばなんとかなります」

「それはええけど、このへん、ハブとかおらんやろな？　噛まれたら猛毒で死ぬで」

黒田が余計なことを言う。

「まーたぶん、ハブはいないでしょう。根拠はないですけど！」

御手洗は相変わらず適当だ。

疲労と空腹で息も絶え絶えになりつつマングローブの林を進むと、幸いにも目の前にボードウォークが出現した。

「やった！　さすがリゾートね！」

「あや子さん、元気じゃないですか」

「だけどやっぱり、お腹すいたんですけど～！」

ここぞとばかりに主張する。

「メシも食わせないって、労働基準法違反じゃないの？」

空腹なのは全員が一緒だ。みんな黙っているが、顔には「ハラヘッタ」と書いてある。「生徒会執行部」の三人からも笑顔が消えた。

「判った。判りました。とりあえずメシにしましょう！」

御手洗が決断したので、じゅん子さんがスマホで検索した。

「この先の、マングローブの林が尽きて国道に出て、少し行ったところにレストランの表示があります。『夕焼けマングローブ』という店です」

一同から「おお！」という歓声が上がり、「そこへ行こう！」と、全員が元気になった。

マングローブの林の中を突き進んでいると、どこからともなく一匹の猫が現れた。カフェオレ色の、かわいい猫だ。

猫はおれたちの傍に来て口をあけ、掠《かす》れたような小さな声で何度も鳴いた。身体が弱って声が出ないのか、それとも怯《おび》えているのか……毛並みにもツヤがなく、顔も目やにで汚れている。だがよくよく見ればとてもかわいい顔立ちの猫だった。

その、痩《や》せこけてお腹をすかしている様子を見た真央さんが、「可哀想《かわいそう》。何かあげられないかしら？」とおれに訊くので、おれはさっきあや子さんに拒否された魚肉ソーセージを取り出した。魚の餌やり体験はナシになったので、もう使わないこと確定のギョニソだ。

「どうぞ」と差し出すと真央さんはしゃがみ込んで、魚肉ソーセージを小さくちぎり、猫にあげ始めた。唸《うな》るような声を出しながら、猫はガツガツと食べている。よほど空腹だったらしい。

「かわいそうなマヤー。誰がこんなところに捨てたのかしら？　一度にたくさんあげると、お腹を壊すかもしれないけど……」

と言いつつ、手持ちのギョニソを全部あげてしまった。

その猫は全部を平らげると、喉を鳴らしておれや真央さんにスリスリして、一緒に歩き始めた。

「ずっとついてきますよ。どうしましょう」

「きれいにしてあげたら可愛い猫なのに。ごめんね、きみのこと、連れて帰れないんだ」

そうは言っても追い払えない。

真央さんとおれが他のみんなに追いつこうと急いでいると、やはり遅れて歩いている御手洗の背中が見えた。歩きながら、どこかにヒソヒソと電話している。

また何かを企《たくら》んでいるのではないか？　どうもこいつに関しては悪い予感しかない。

「ああ。国道331号線沿いの、山の中にある『夕焼けマングローブ』だ……今から何分で来られる？　よし、まかせたぞ」

誰に連絡を取ってるんだろう？

ほどなく国道に出た。

あや子さんが「あった！」と指さす方向を凝視すると、遠くに灯《あか》りが見える。

「あれが目的のレストランですね」

じゅん子さんが言い、おれたちはその灯りを目指して、車も通らない国道を、とぼとぼと歩いた。山の中の国道沿いに一軒だけ建っている、人里離れた店のようだ。

だが近づいてみると意外に大きく、派手な外観であることが判った。赤い瓦屋根の、沖縄古民家風の建物に、何故かまばゆいイルミネーションと、まだ日も落ちていないというのに、ピカピカとネオンが輝いている。

しかも店の外には行列までが出来ている！　首を振りながら帰っていく人たちもいる。

「やだ、満席なの？　あたしもうお腹すいてこれ以上待てないよ」

あや子さんが文句を言う。

「待つしかないやろ。足がないんやから。ここで腹ごしらえして、車を置いたとこまで飯倉に歩いて戻らせて、その間ワシらはここにいるしかない」

携帯でタクシーを呼ぶという選択肢は、当然のこととしてケチな黒田にはない。

ここは隠れ家的な名店で、それで客が押しかけて行列ができているのだろうか？

おれたちは戦々恐々としつつ、レストランの中を覗《のぞ》き込んだ。

ところが……意外にも広い店内には、二組の客がいるだけで、あとはガラガラだ。

それなのに何故か店のスタッフは、全然、客を案内しようとしない。

る。

「やってないの？」

おれが店の中を覗き込むと、厨房《ちゅうぼう》にはコックさんがいて、手持ち無沙汰にしている。

「ねえちょっと、どうなってるんですか！」

大声でおれが呼ぶと、かりゆしを着た小太りのフロア係が、ムッとした顔でやってきた。

「今日はバイトが誰も出て来ていないんです。だからホールを自分ひとりで回しています。座っているお客さんにだって、まだおしぼりも、水すら出せていない状態なんですよ」

暗に帰ってくれと言わんばかりの調子で、フロア係はいきなり喧嘩腰《けんかごし》だ。

なんだこの店は？　客を追い返すのか？

しかし、食う事への執念が物凄いあや子さんは納得しない。

「水もおしぼりもいらないから！　必要とあればあたしたちが厨房に入って手伝うから！　とにかくお腹がすいて死にそうなのよ！」

あや子さんは、フロア係が止めるのもきかずに強引に店に入り込み、空いている席に無理やり座ってしまった。

おれたちについてきた猫も、いつのまにかちゃっかりその足元に座っている。

黒田たちも店に入り、席に座った。フロア係はあからさまに舌打ちをしたが、さすがにおれたちを追い出すことまではしない。だがおれたちほど図々しくない他の人たちは、相変わらず店の入口のところに溜まっている。

「なんやこの接客は？　なんで客を案内せえへんねん？」

黒田は怒ったが、じゅん子さんは冷静に分析した。

「入口にわざと行列を作らせて、あとから来たお客さんに諦めさせる作戦なんでしょう」

「なんちゅう商売気のない！」

「今はエイサーのシーズンですよね？　バイトの子が全員休んでるんじゃ、フロア係だってやる気を無くすでしょう」

フロア係はおそらく店長で、休みたくても休めない立場なのだろう。黒田が吠えた。

「ほたら飯倉！　お前がフロア係を手伝え！　注文取らんかい！　わしら腹が減ったんや」

仕方なく手伝うことにしたが、フロア係はなんだか迷惑そうだ。

「じゃあ、水運んで。それから出来た料理を言われたテーブルに運んで貰える？　間違えるとお客が怒るので……ずいぶん待たせてるから……間違えないようにね！」

クギを刺されたが、おれはこういう仕事の経験者だから、なんなくこなせる。

一組目の客のテーブルの下には、鳥かごが置いてある。中にいるのはニワトリかな……と思ったが、トサカがない。嘴《くちばし》と長い脚は赤っぽいオレンジ色、黒い頭には白いスジが、目尻から水平に入っている。背中は黒っぽい茶色だ。

「あの、店内に動物の持ち込みは……」

「なんだお前、客に向かって生意気だぞ！」

やんわり注意すると、ガラの悪そうな二人組はおれを睨《にら》みつけた。

「そうだ。それにあっちのテーブルには猫が居るじゃないか。猫はいいのか？」

あの猫を追い出すと真央さんが悲しむ。

そいつらの喋《しゃべ》ってるコトが断片的に耳に入るのだが、どうも穏やかではない。

「それで、これを幾らで売る気だ？」

「こっちも危ない橋を渡ってるんで。けど欲しい人は、カネに糸目をつけないでしょう」

「足が付かないだろうな？」

足元に置いた鳥を売買する交渉らしい。

もう一つのテーブルにいる連中の喋っていることも不穏だ。

「このソーセージには1080っていう毒物を仕込んでいる。これはオーストラリアで撒《ま》かれる予定のものと同じで、オーストラリアの在来種には無害だそうだから、沖縄でも同じに違いない」

その客の足元には、ピンク色の魚肉ソーセージが裸のまま、無造作にビニールの大袋に詰め込まれている。

「とにかく、猫は撲滅しないとな。在来種にも被害が出るかもしれないが、猫を一掃するためなら、多少の犠牲は仕方がない」

どうやら毒エサを撒いて猫を殺そうとしているらしい。在来種を守るという大義名分は建前で、実はただ猫を殺したいだけじゃないのか、という臭いがプンプンとしてくる。猫が如何《いか》に憎むべき存在か、ということしか話題にしていないのだ。

「やつらは庭に糞尿《ふんにょう》をする、花壇を荒らす。この世にはいないほうがいい害獣だ」

それは猫と言うより放し飼いにしている飼い主と、簡単に猫を棄《す》てる人間が悪い、とおれは言いたかったが、レストランのお運びという現在の立場では何も言えない。

おれが第一のテーブルにおしぼりと水を運んで行くと、話題は動物の取り引きから、ギャンブルの話に移っていた。

動物を戦わせるギャンブルで儲《もう》けているようだ。ハブ対マングース？　闘犬？は土佐か。

「今度のタウチーは大丈夫なんだろうな？」

「コンディションは上々です。嘴を切り落とし蹴爪《けづめ》も抜いたトリと練習させて自信をつけさせせました」

それで練習用のトリがボロボロになってしまい、それを見つからないように棄てて来たので時間がかかって、などと言っている。

「おい飯倉！　こっちの注文も取りに来んかい！」

黒田が怒鳴ったので、慌てて駆け寄った。

「おれラーメン」「こっちは炒飯《チャーハン》と餃子《ギョーザ》」「ゴーヤーチャンプルー定食三人分でいいです」「わしはビールにミミガーや」「デザートはプリンアラモードで」「私はパンケーキにアイスを添えて」「カツカレーね！」「おれはハンバーグ定食でいいや」

てんでバラバラの注文を口にする。

「覚えきれないからそこのナプキンに書いて」

「態度の悪いアルバイトやな」

「アルバイト違う！」

おれと黒田が怒鳴り合っていると、第一のテーブルでも怒鳴りあいが始まった。

「それは話が違う！　レートがおかしい！」

どうもギャンブルの掛け率が合わず決裂したらしい。

「今になって胴元を降りる？　だったらヤンバルクイナの引き渡しもナシにしますよ！」

「それとこれとは別の話だろ！」

「いや、おれがナシと言ったらナシだ！」

ナシと言われた男は、コップの水を相手の顔にかけた。おれが運んだコップの水を。

「なにをする！」

いきなり殴り合いが始まり、はずみでテーブル下の鳥かごが蹴られた。鳥かごの扉が開き、中の黒っぽい鳥が逃げ出した。

「あっ、ヤンバルクイナ！　天然記念物の！」

じゅん子さんが叫んだ。

飛ぶことは出来ないらしいが長い脚で、チッチッチ、チチョッチッチッチッチなどと鳴きながら物凄い速さでフロアを駆け回る。それを見て、真央さんの足元におとなしくお座りしていた猫が本能に抗しがたく、走る鳥めがけてダッシュしてしまった。それを見た猫ヘイトの一党が騒ぎ始めた。

「猫だ！　猫がいる！」

「殺せ！　猫を殺せ！」

猫嫌いたちも一斉に立ち上がり、カフェオレ猫を追いかけ始めた。

逃げるヤンバルクイナを追う猫。それを追い回す人間たち。

それだけでも阿鼻叫喚《あびきょうかん》だというのに、さらに面倒な事になった。突然、着ぐるみを着た一団が店に乱入してきたのだ。

嘴の赤い黒い鳥の着ぐるみ。メタリックグリーンのカブトムシの着ぐるみ。これはやたらと長い前脚をつけている。そして赤い子どもの着ぐるみ。これはおれにも判る。真央さんの言うキジムナーだろう。

キジムナーがシュプレヒコールを上げる。

「我々は違法取り引きに反対し、在来種を守り、猫の命も救う自然保護で動物愛護のグループだ！　お前ら全員！　成敗してやる！」

よくみると一団の中には猫の着ぐるみもいて、ウチナーマヤーと書かれたタスキをかけている。

一団は猫ヘイト集団のテーブルの下から毒入り魚肉ソーセージを引っ張り出すと、ビニールを引き裂き、猛然と足で踏み潰し始めた。

「ええい、こんなもの！　こんなものっ！」

フロアには魚肉ソーセージの臭いが充満した。するとヤンバルクイナを追っていたカフェオレ猫は狩猟本能に食い気が勝ったのか、ソーセージに突進して、今にもかぶりつきそうになっている。

「それは毒だ！　食べたら死ぬ！」

慌てて毒入りギョニソを取り上げようとしたら思いっきり引っかかれた。

「だめよ。ほら、こっちに来て」

真央さんも逃げる猫を追い、ちぃちゃんとくるみちゃんが真央さんに加勢したので、フロア全体の混乱は、ますます収拾がつかなくなってしまった。

さらなる阿鼻叫喚の真っ最中に、またしても入口の扉が開いた。今度は誰だ？

「ユーまた会ったね。おれたちとハヴァパーリー、オーケー？」

その声に真央さんがハッとして顔を上げると、そこには昨夜の白人二人組がいた。

那覇の国際通りで絡んできた、例の二人だ。さっき、御手洗が電話でヒソヒソ話して呼びよせていたのはコイツらだったのだ。昨夜のことも含めて、これは御手洗の仕込みなのだ。

「ジャパニーズガールはナイスでキュートでベリーホット。ユー、イエローキャブね、エニイタイムライドオーケーね？」

片言だが、おれにも言いたいことは判った。真央さんを見下し、バカにしているのだ。

だが真央さんは毅然《きぜん》として言い返した。

「マイグランマ・イズ・フロム・オキナワ。シートールドミーアバウトワット・ユーアメリカンズディド。ウィーアーヒューマンズ。セイムアズユー。ユーシュッドリスペクトアス」

真央さんは彼らに対して一歩も引かず、堂々と主張している。

何を言っているのかは判らないけど、要するに「バカにするな！」ということだろう。

ここで再び店のドアが開き、スーツの男がツカツカと入ってきて、白人二人と真央さんとの間に分け入るや、書類とペンを真央さんに突きつけた。

「今度こそ、これにサインしていただけますね？　署名がいただけないと、これから何が起こるか判りませんよ？」

だが真央さんはやはり断った。

「お断りします。何度来られても同じです」

「そうですか。それは残念です。日本の国益に資する土地譲渡に、同意してはいただけないのですね？　政府中枢にいる私の上司もさぞや失望することでしょう」

スーツの男は白人二人組に「さあやれ」と言わんばかりに顎で合図した。

「フーザファック・ドゥーユーシンクユーアー？　ユージャップ！」

意味不明のことを喚きながら、白人二人は真央さんに手を出した。おれはすっ飛んでいったがまたも一撃のもとに倒されてしまった。

こういう時の黒田は、ダメだ。固まったフリをして、まったく動かない。相手が弱そうだと殴る蹴るの暴行を加えるクセに……。

男たちは真央さんのスカートを捲《めく》りあげた。

「いやっ！」

普通なら絶対に拝めない真央さんの太腿《ふともも》を見てしまって、おれはショックを受けた。ホンの僅かだけ眼福でもあったけど……。しかも、純白の下着まで見てしまった。

　男たちは哄笑《こうしょう》している。

　この「生徒会執行部」のコンセプトはマジメ系女子高生をイメージしたものだ。だからこんなことされるのは、完全にダメだ。なんとしても真央さんを助けて守らねば！

　だが起き上がろうとしたおれの顔を、白人男のチャラい方が蹴ったので、またしても金も力もない、色男ですらないおれはフロアの隅にふっ飛んでしまった。

　ヤツらは、あろうことか、ちぃちゃんやくるみちゃんにも手を出してきた。スカートを捲って太腿にタッチしたり、胸にまで手を伸ばし、大胆にも服の上からモミモミし始めた。

　以前のユニットでもひどい事件に巻き込まれたくるみちゃんは、そのトラウマか怯えきってしまい、ブルブル震え始めた。

　失神してバッタリと倒れたくるみちゃんに襲いかかった白人二人は、彼女に馬乗りになって服を脱がし始めた。

「ゲッチュア・ダーティハンズオフハー！」

　真央さんがキツい調子で言ったが、男ふたりはヘラヘラ笑うばかりで無視するところか、今度は真央さんに襲いかかった。

軍人のような手慣れた手つきで二人がかりで真央さんを羽交い締めにして、服の前をはだけると……。

真央さんの可愛いブラが見えた。それをチャラい方の金髪男が引き千切った。

「あっ！」

みんなが凍りついた。

真央さんの乳房が露出してしまったのだ。

「ワオ！　シーズガッタナイスブーブズ！」

二人は真央さんの双丘を揉《も》み、先端の乳首に舌を這《は》わせて、ワザと音を立ててチュウチュウと吸った。

あまりのことに真央さんが怒りで意識を失いそうになった、その隙を突いて、卑劣な男二人は彼女を床に横たえて、下半身にまで攻撃を加え始めた。スカートを捲りあげて下着を脱がそうとしているのだ。

やがて意識を取り戻した真央さんが怒りとショックで真っ赤になり、「やめて！」と絶叫した、その瞬間。

店内がいきなり真っ暗になった。窓外もまだ昼間なのに、何故か夜のように暗い。

そして……地震のような下から突き上げる強い震動が起き、なんとも形容しがたい、超低音がこの店全体を包み込んだ。

「何が起こったんだ！」

店に居る全員がパニックになった。

すると……。

「外《と》つ国《くに》のものども、この島の乙女《おとめ》を穢《けが》すのをやめよ」

不気味な声が、どこからともなく聞こえてきた……と思ったら一転、店の中を静寂が支配し、地震のような震動も消えた。

「ブレーカーや、ブレーカーを戻さんかい」

と、我に返った黒田が怒鳴った。

フロア係のデブが慌てて店の奥に走り、ほどなく照明が点灯して明るくなると、店内の様相がすっかり変わっていた。

狼藉《ろうぜき》を働いていた二人組の白人、そして悪徳動物ブローカーとギャンブルの胴元、さらに毒入りソーセージを撒こうとしていた猫嫌いな連中までが、全員床に倒れ伏しているではないか。

おれたちのグループと、そして着ぐるみを着た活動家たちにはダメージがない。

呆然としているところにまたもドアが開き、今度は制服警官がドヤドヤと入ってきた。

「よし！　関係者全員、身柄を拘束する！」

店内で声を張り上げたのは、なぜかフロア係のデブだった。

「警部、お疲れさまです」

責任者らしい制服警官が、デブに挨拶している。フロア係は、警察の中の人だったのだ。

「この店で違法な取り引きが行われているという情報は正しかった。内偵のための潜入捜査が成果を上げ、何よりだった」

多羅尾伴内《たらおばんない》のように正体を現した潜入捜査官はテキパキと制服警官に命じて、床に倒れた連中に、次々手錠をかけさせていった。

「……畜生！　容疑は何だよ」

「絶滅危惧ＩＡ類で国内希少野生動植物種に指定されているヤンバルクイナの密猟および密売容疑と、違法ギャンブル開催の容疑だ」

「闘鶏は沖縄の伝統文化じゃねえのかよ！」

「たしかに沖縄県には闘鶏を禁止する条例はない。鶏を適切に保護しながら観光としてやってる業者もいる。だがお前らは負けて瀕死《ひんし》の鶏をゴミのように路上に捨てているだろ？　動物愛護法違反だ。証拠も押さえてあるから文句は署で聞こう」

ダメなフロア係としか見えなかった男が、今では格好良く見える。優秀な捜査官は次に毒入りソーセージを撒こうとした集団の前に来た。

「お前たちは、在来種保護という建前で猫を無差別に殺そうとした。これも動愛法違反だ。逮捕！」

毒入りソーセージもろとも、このグループも警官に引っ立てられ連行されていった。

そして……残ったのは白人二人だ。

捜査官は白人二人の前にしゃがみ込んだ。

「アイルノットフォーギヴ・ユアセクシャルバイオレンス・トゥディスレイディ。シェイムオンユー！　ジャパニーズロー・ウィル・メイクユーペイ」

英語で言ったあと「さあ、引っ立てろ！」と制服警官に命じ、おれたちにも「捜査協力、有り難うございました！」と敬礼した。

「あ、あの……スーツを着ていた、あの男は」

「ああ、そう言えば、あの人がいませんね」

店内から消えた人物が一人いることに気がついた捜査官に、おれは事情を訴えた。

「とにかく落石もボートへの細工も、たぶんそいつがやったんです！」

真央さんも説明した。

「山原《やんばる》にある、私名義の土地を譲渡しろと、ずっと迫られていました」

「それはたぶん、本土から来た、いわゆる官邸ポリスのエージェントでしょう」

潜入捜査官は頷いた。

「最近、そういう人たちがたくさん沖縄入りしているという話です」

そう言って、彼は敬礼して店を出て行った。

「素敵！　まるで遠山《とおやま》の金《きん》さんみたいじゃん」

あや子さんが彼の背中に拍手をした。

しかし……。この店で食事は出来ないの？

と思ったところで、おれは固まった。

真央さんの口から再び、真央さんのものではない声が、出たのだ。

「そこな御手洗。薩摩の裔であるそなたは、未《いま》だ悔い改めておらぬのか？」

「な……なんのことだよ。真央ちゃん、気味の悪い声を出すのはやめてね。冗談キツいよ」

悪あがきを続ける御手洗に、だがそこで天罰が下った。

へらへらしていた表情が突然虚《うつ》ろになって、すとんと床に崩れ落ちると、そのまま動かなくなったのだ。

「みっ、御手洗さん！」

スタッフたちが声をかけて身体を揺さぶっても、反応はない。何も喋れず、腰が抜けたようになったまま、まったく動かない。死んだわけではない。フリーズしてしまったのだ。

「どうしちゃったんですか……参ったね」

ＡＤさんやスタッフは困り果てた。

「まあ、アレちゃうか？　これは罰や」

黒田が知った風に言った。

「真央さんにあの白人二人を使《つこ》うて妙なチョッカイを出させた、その罰やがな！」

そこに真央さんがゆっくりとやってきた。どうやら、いつもの真央さんに戻ったようだ。

「私が見るに……これは『マブイを落とした』状態だと思います」

「『マブイ』って……？　マブいスケの、あのマブイか？」

首を傾げる黒田に、真央さんは答えた。

「いえいえ、そうではなくて。沖縄でマブイは『魂』のことなんです。御手洗さんは、それを落っことしてしまったみたいです。おばあちゃんが教えてくれたから」

「真央さんのおばあちゃんって、あの、琉球王朝に代々仕えたっていう……」

おれの言葉に真央さんは頷いて、固まっている御手洗の前に歩み寄った。

「元に戻す方法もおばあちゃんに教わりました。マブイグミ、やってみます」

周囲を見回した真央さんは、ある一点に目をとめて、そこに近づいて呪文のようなものを唱えた。

「マブヤーマブヤー　ウーティクーヨー　ミタライのマブヤー　ウーティクーヨーマブヤマブヤー　ウーティクーヨー」

そう唱えつつ目に見えない何かを掬《すく》いあげて両手に載せるような動作をし、御手洗の傍に行って、その両手を彼の胸に当てた。

「さぁ、戻るのよ。マブヤーマブヤー　ウーティクーヨー」

真央さんがそう唱えると……。

御手洗の目がパッと見開いた。

はっと正気に戻ったらしい彼は、ここはどこ私は誰？　という感じで辺りをきょろきょろ見回してから、呟いた。

「おれは……いったいどうしていたんだろう」

「マブイ……魂を落っことしていたんですよ」

黒田が御手洗の前にしゃがみ込んだ。

「正直に言え！　お前は悪い連中と結託して、ウチの真央に、仕事以外の妙な事を強要しようとしてたんやないのか？　え？　正直に言わんと、生きて東京に帰れんで」

それを聞いた御手洗はガバッと立ち上がるやいなや、入口のドアを開け放ち夕暮れになりかけた沖縄の広い空に向かって手を広げて、そのまま店を走り出てしまった……。

*

「ちぃちゃん、沖縄黒糖、食べる？」

真央さんがあたしにお菓子を差し出した。

真央さんに付きまとっていた、スーツを着た男の人だけど、あのお店の外の森の中で、死体で見つかったそうだ。さっき私たちが那覇空港を離れる直前に、捜査官の人から知らされた。死因は全く不明で、身元は沖縄の……マリコン？　とか言う会社の社員、ということになっていたらしい。とても怖いことだけれど、これで真央さんが狙われる心配は、なくなったのかもしれない。よかった。

窓外の暗い海に光っているのは沖縄本島の輪郭だ。飛行機の翼の下で、きらきら光る島の輪郭が後ろに遠ざかってゆく。

「大変なロケだったから、疲れたでしょ」

真央さんは、通路側の席のくるみちゃんにもお菓子を勧めながら頼んでいる。

「あのね、あや子さんが、あたしたちと女子会をしようって言っているの。くるみちゃん、打ち合わせをしてきてくれないかな？」

ブラックフィールド芸能エージェンシーの人たちは、二列先の、中央のシートに座っている。

くるみちゃんが席を立ち、入れ替わりに、飯倉くんが来て真央さんの隣に座った。

「すいません。話の邪魔だから、おれはあっち行けって、あや子さんが」

この席替えの意味がなんとなく判ったあたしも、シートベルトを外して腰を浮かせた。

「あたしも話してくる。ちょうどお手洗いにも行きたいし。あ、真央さんは座っててね」

真央さんは飯倉くんが好きなのだ。飯倉くんは頼りないし、事務所の黒田会長にも叱られてばかりだけれど、とても優しい人だということは、あたしにも判る。そして真央さんは、そういう人を放っておけないのだ。前にいたTPP24の中でも気が弱く、いじめグループに泣かされてばかりの、ダメなメンバーだったあたしとくるみちゃんを、真央さんはずっと庇《かば》ってくれていた。自分のことはいつも後回し、そんな真央さんに、少しでもお返しをしたい。

だから短い時間でも、飯倉くんと二人で話す時間をつくってあげようと思ったのだ。

あや子さんとじゅん子さん、くるみちゃんとあたしで女子会トークを炸裂《さくれつ》させ、しばらくして席に戻ると、真央さんと飯倉くんは、スマートフォンから伸ばしたイアフォンを半分ずつ分け合って、何かを聴いていた。

「私の大好きな、ペーター・マークさんの音楽を、飯倉くんにも聴いてもらっていたの」

「素晴らしいです！」

首がもげるほどうなずいて感動している飯倉くん。真央さんがいいという音楽なら、この人は「猫ふんじゃった」にだって涙を流しかねない。あたしは言った。

「あや子さんたちと、もうちょっとお話してくるね。真央さんはゆっくりしてて」

スイスの名指揮者ペーター・マークさんは順調なキャリアを棄てて、ある日突然、香港《ホンコン》の禅寺に籠もった指揮者なんだそうだ。真央さんがそう言っていた。

真央さんもまさか「生徒会執行部」を辞めちゃったりしないでしょうね？　ってホントは訊きたい。真央さんが飛行機に乗る前に言っていたことが気になっているから……。

『建前が恋愛禁止だった前のユニットで、私、みんなに厳しくしすぎたんじゃないか？　って思うようになったの。考えてみたら誰かを好きになるのは当たり前のことで、その気持ちは止められないし、尊いものでもあるって』

結局あたしは、何も訊かないことにした。

二人の気持ちが実ればいいなあと思う。

第五話　「ジェラール瀧谷《たきたに》」の代役騒動

「では、完成を祝して、乾杯！」

ここは五反田《ごたんだ》のパブ。めでたく0号《ゼロ》試写に漕《こ》ぎ着けた後、試写室のあるラボの近くのパブで映画の打ち上げパーティが開かれている。

「0号試写」とは、作品のダビングが終わって画面の調整も終わって、映画が完成して一番最初に見る試写のこと。映画がフィルムだった頃はプリントしてみないと画面の具合が確認出来ないので、0号・初号・二号と何本も焼いたけど、デジタルの今は「内輪で最初に見る試写」ということになっている。

プロデューサーがグラスを掲げ、みんな笑顔でビールを飲み干した。

「みなさんのおかげで、素晴らしい映画になりました。ここからは我々が頑張って、一人でも多くの人にこの映画を観《み》て貰《もら》います！」

映画『いだてん危機一髪』は、俊足ランナーが事件に巻き込まれるアクション映画で、おれがマネージャーを務めているアイドル・連城真央《れんじょうまお》さんが出演している。それも主役のジェラール瀧谷《たきたに》の恋人役という、重要な役どころだ。御難続きだった沖縄ロケでデビューしたアイドルユニット「生徒会執行部」も徐々に人気が出てきて、ついにリーダーである真央さんが映画の準主役に抜擢《ばってき》されたのだ！

「いやあ、良かったよかった。低予算で苦労も多かったけど、真央ちゃんの名演技で、映画が確実にグレードアップしたね！」

人を掻《か》き分けてやってきて、お礼を言ってくれたのは新進気鋭のプロデューサーで、まだ三十代の大久保《おおくぼ》さんだ。

「ありがとうございます。この映画に出させていただいて、本当に良かったです！すごく楽しかったたし、勉強にもなりました！」

「ありがとうございます！」

真央さんもおれも最敬礼だ。

大久保さんのあとから、監督の黒沢田明人《くろさわだあきと》もやってきた。現場ではこの人は本当に怖かった。超低予算で時間もないのに粘りに粘って、スタッフ・キャストから恐れられ憎まれていた鬼のような完全主義者だ。けれど仕事が終わった今は、ただの気のいいアニキだ。ウチの黒田《くろだ》と名前が似ているけど、こっちは立派な映画監督だ。

「真央ちゃんには本当に苦労をかけたね。メシ押しで撮ってて、気がついたら一日、まるまるメシ抜きって日もあったね！」

「それ、一日二日じゃなかったですよ？」

そうだっけ？　とトボケて見せる監督。

「ま、ヒットしたらパート2があるんで、その時はヨロシクね！」

監督もプロデューサーもゴキゲンだ。他のスタッフ、カメラマン、録音技師さんやチーフ助監督さんも口々に真央さんを褒め称《たた》えた。

真央さんにほの字のおれだから言うのじゃないけれど、この映画での真央さんは本当に名演技だった。

『立ち上がって！　諦めずに闘うのよ！』

絶体絶命の窮地で主役のジェラールを激励し、死中に活路を見いだすシーンなどは、まるでおれ自身が励まされているような気さえして、涙なしに思い出せない。

ラストの、敵の拠点が爆発炎上するバックで、ジェラールとキスをするところは物凄《ものすご》く妬《や》けるんだけど……。

「やあ、キミが連城真央？」

だしぬけに一人の男がやって来て、真央さんに図々しく握手を求めた。主演のジエラール瀧谷に、どことなく似た顔の男だ。

「しかしジェラールはラブシーンがヘタクソだね！　ボクならもっとウマくやれて、もっといいシーンに出来たんだけどねえ。惜しいねえ」

どこかで見たことがあるようなないような、ジェラールに似ている分、個性が感じられない男がニヤニヤしている。少なくともこの映画には出演していない男だ。

「ジェラールは頭悪いからね。言われたことしか出来ないバカだから。役者はさあ、自分で考えてイメージを広げなきゃあ。それが役作りってもんでしょう。そのへんジェラールはホント低脳だから」

相手の男はなぜかジェラール瀧谷の悪口を言いまくった。

「ねえ、こんどボク主演で一緒に映画撮ろうよ。もちろん真央ちゃんがボクの恋人役で。地下アイドル時代から君には注目してたんだ」

堪《たま》りかねておれは訊《たず》ねた。

「あの……どちら様でしょう？」

「どちら様とはご挨拶だね」

相手はいきなり威丈高になった。

「あ？　マジで知らないの？　ボクのこと」

だが、真央さんも知らないようだ。

「……巴《ともえ》って言うんだけど、ホントに知らない？　巴智康《ともやす》。ホラ、鬼の幹事長と呼ばれてる、与党の」

「ああ、巴幹事長のご子息の巴君か」

黒沢田監督はさすがに知っていた。

「タンクタンクローみたいな名前だな」

「ハイそうです！　巴智康です！　何卒宜《なにとぞよろ》しくお願いしまっす！」

彼はマジシャンみたいに袖から名刺を出すと、最敬礼して黒沢田監督に渡した。

「監督！　次回作ではボクを是非！」

監督はハイハイと言って受け取ると、隣の演出部の輪の中に入っていって談笑し始めた。

「でさあ真央ちゃん。今度二人で食事でもして、朝まで演技論を戦わせない？　朝日がキレイなシティホテルでさあ。お台場《だいば》のニッコーとかで、どう？」

監督に相手にされなくてもめげない巴は、真央さんにチョッカイを出してきた。

「ジェラールは気が弱いからドラッグとかキメないとダメなところがあるけど、ボクはほら、育ちがいいからグイグイいけるんだ。芝居も恋も同じだよね」

完全におれを無視した巴は、真央さんを露骨に口説《くど》き始めた。

「すみません。出演交渉でしたら事務所を通して貰えますか？」

おれは強く出てみた。

「あ？　お前誰だよ。真央ちゃんの付き人風情がエラそうにしてんじゃねえよ！」

「おれ、いやわたくしはマネージャーですが」

それを聞いた巴はプッと吹き出した。なんて失礼なヤツなんだろう。

「そうかそうか。お前みたいなバカで無能そうなマネージャーが付いてるから真央ちゃんがいまいちパッとしないんだろ！　反省しろこの馬鹿」

デコピンをしてきた巴に、さすがのおれもムッとして、その手を摑《つか》んでヒネリ上げた。

「イテテ！　ちょっと真央ちゃん！　こんなヤクザみたいなマネージャー、クビにしな！」

真央さんはそれを完全に無視して、誰にともなく問いかけた。

「あれ？　そういえば主役のジェラール瀧谷さんは？　瀧谷さん、どうしたんですか？」

この場に主役がいないことに気づいたのだ。

「そうだよ。たしかに瀧谷さん、いないね」

近くに居た助監督さんが、製作担当に訊《き》いてくれた。

「急に都合が悪くなったんだって。本当は来る予定だったんだけど……まあ、0号は内輪のものだし、来ない俳優さんもいるから」

それもそうだと思ったおれが、現場で仲良くなった他の俳優さんやスタッフと飲み食いしていると……。

突然、会場の隅から「えーっ！」という、悲鳴のような大声が上がった。

会場にいた全員が驚いて注目した。声の主は大久保さんだった。プロデューサーは顔面蒼白《そうはく》になって、スマホを持つ手が震えている。

「ジェラールが……ジェラール瀧谷が逮捕された！　クスリだ！」

大久保さんは叫ぶと頭を抱え、膝から崩れ落ちるように座り込んだ。

パーティの参加者もめいめい自分のスマホを見て、会場は騒然となった。

「ほんとだ！　ジェラール、ヘロインの不法所持だって！」

「ジェラール、逮捕されたって！」

全員がスマホを凝視している。慌てておれもニュースを検索した。

『たった今、ヘロイン不法所持の疑いで逮捕されたジェラール瀧谷容疑者が六本木《ろっぽんぎ》署に入りました！』

ニュースサイトの動画ではリポーターが絶叫している。六本木警察署前からの生中継だ。

「大久保さん！　この映画はどうなるんです！　まさかお蔵入りなんて事は……」

「製作費が回収出来ないとウチは潰れる！」

「ギャラまだ貰ってないんですけど！」

口々に「お蔵入りだ」「永久に公開出来ない」「製作会社は倒産だ」という悲鳴が、会場に一気に広がっていく。

あの巴が会場からコソコソ逃げていくのが目に入った。関係ないのに紛れ込んだのなら、みんなを励ましたりすれば株が上がるのに。

大久保プロデューサーも真っ青になっている。そんな彼を中心にしてエグゼクティブ・プロデューサーやライン・プロデューサーなどが急遽《きゅうきょ》集まって深刻な表情で相談し始めた。『いだてん危機一髪』製作委員会」の、要するにスポンサー代表たちも、程なくその輪に加わった。全員の顔が引き攣《つ》っている。その間にも彼らのスマホが鳴りっぱなしになり、プロデューサーとスポンサーの全員が脂汗を滲《にじ》ませ平身低頭しつつ返答するという、恐ろしい光景が広がった。

天国から地獄。完成パーティという晴れやかな場は、一転して沈み行くタイタニックの甲板さながらの、阿鼻叫喚《あびきょうかん》の巷《ちまた》と化してしまった。

悲観的な空気が支配し始めたのに気づいた黒沢田監督はことさらに大声を上げ、

「逮捕されたのは役者！　作品は作品、罪は罪で、出来はカンペキだ！　このまま公開しようよ！」と語気強く主張したが、お金の絡むサイドの人たちはみんな一様に顔を横に振った。

「公開するって……宣伝できませんよ。テレビにスポットも打てない」

「上映館だって確保できるかどうか」

「ネットでバッシングされて大ゴケになるに決まってる！」

映画の鬼・黒沢田監督といえども、スポンサーにそこまで言われてしまうと弱い。

「しかし、オクラとなると丸損です」

「ここは、追加予算を組んででも……」

「そうは言っても急にそんなことが……」

文字通り、額を寄せあった密談が続いたが、やがて、「それしかないですね」と大久保が大きく頷《うなず》いて、輪が解けた。

「みなさん！　0号試写の直後に大変な事件が起きてしまい、誠に申し訳ありません。映画が公開できるかどうか、ご心配をお掛けしましたが、今、結論が出ました。この『いだてん危機一髪』は、公開します！　期日通り、八月三日、全国ロードショーです！」

　この発表に、会場にいる全員が、とりあえず安堵《あんど》の溜息《ためいき》を漏らした。

「しかし！　世間の風当たりを考えると、もちろんこのままでは公開出来ません。脇役の不祥事なら無視して強行という方法もあるでしょう。しかしジェラール瀧谷は主役です。ではどうするか。急遽代役を立てて再撮影を行うしかない、という結論となりました！」

　再び会場はどよめいた。

「ご心配なく！　過去にも主演級の俳優を入れ替えて、短期間でリテイク・再編集・再ダビングをやってのけた例があります！」

　と声を張り上げる大久保に、「でもあれはハリウッドで、お金があったから出来たのでは？」という当然の疑念の声が上がった。

「そのご意見もごもっとも。しかしあの、直近のハリウッド作品の例を参考に……つまり、手法をそっくり真似《まね》すれば、我々にも低予算かつ短期間にリテイクが可能なはずです！　学べ、リドリー・スコットです！」

そこでチーフ助監督が呼ばれて、ジェラール瀧谷が出ている場面を洗い出した。

「ざっと見て、全体の80%……」

台本に挟み込まれた香盤表《こうばんひょう》を見ると、ジェラール瀧谷はほぼ出ずっぱりと言っていい。

「出演俳優のマネージャーの皆さん！　すみませんが、ちょっとお集まりください」

大久保が招集をかけたので、おれも真央さんのマネージャーとして、突然始まった会議に加わった。スタッフもキャストも、不安そうにおれたちを眺めている。

「ジェラールが映っているカットは全部リテイクします。幸い、今はデジタル技術が進化しているので、共演の方々にお掛けするご迷惑も、最少限に出来るとは思いますが」

「しかしＣＧ頼みだけでは処理に時間がかかって、間に合わなくなりますよ」

ＣＧに詳しいスポンサー代表が釘《くぎ》を刺した。

「あの」

おれは手をあげて発言を求めた。

「ウチの連城真央は、おそらく主役と一緒に映っているカットが一番多い筈《はず》ですが、スケジュールはリテイク最優先で調整します」

他の仕事は入っていない。出来る限りの協力をして、この映画を完成に導かなければ！

「それはありがたい。出来れば余計なCGは使わないのに越したことはないのですが……」

監督は台本を捲《めく》りながら忙《せわ》しなく言った。

「予算と時間がない。それは判《わか》ってます。だから苦肉の策を取るしかないですね。具体的に言うと、使えるものはそのまま使う。万難を排して敢行した南鳥島《みなみとりしま》ロケ、そして青森の八甲田山《はっこうださん》ロケのリテイクは不可能なので、そのまま使うしかない。いやいや判ってる、判ってます！」

それはリテイク詐欺だ、と異論が噴き上がるのを黒沢田監督は強引に抑え込んだ。

「そのまま使うのは引き画、つまりロングショットだけです。大雪原にポツンと一人、なんてショット、顔なんか判らないでしょ？　なんせカネも時間もないし季節も違うんです。八甲田山に今行っても雪はないんだし」

「つまり顔のアップだけをリテイクすると」

大久保さんが確認するように訊いた。

「そうです。ロケの引き画は、そのまま使うしかないでしょう。しかし画をそのまま使っても声がマンマでは困るので、セリフを代役が吹き替える。ロケ部分だけではなく、セットでもこれは同じです。さらにスタジオを押さえてもう一度セットを建てるカネがないし、共演者を全員再招集するカネもない。ロケもセットも、アップの部分だけを代役で再撮影。ただしそれもスタジオのグリーンバックで撮って、ハメ換え合成する。これしかない！」

「しかしそれでは不自然になるのでは？」

演出部からさすがに異論が出たが、苦労人の黒沢田監督はマアマアと抑えた。

「そこは代役の演技力で、死んだ気になってカバーしてもらおう。それしかない」

「無理ですよ。旧日本軍じゃあるまいし。足りない弾薬は精神力で補えとか、サイズが合わない軍服は身体《からだ》が合わせろみたいな……」

そう言いかけたスタッフは、みんなに睨《にら》まれて黙ってしまった。どうやら竹やり思想で押し通すことに全員が一致団結したらしい。

肝心の上書き合成に関しては、急遽近所のラボから呼ばれた技術者と打ち合わせが始まった。

「リドリー・スコットの例の作品よりもさらに巧妙な上書き合成をすることになる

んでしょうね？」

「そう。首のすげ替え的な。しかし、それをやるとさすがにコントになるから、ジェラール瀧谷をそっくりハメ換える合成で」

判りましたと頷いたラボのエンジニアは、あくまでも技術的な側面から話を進める。

「その場合、代役をハメ込み合成するには、元の俳優さんと同じ背格好《せかっこう》、同じような姿形と顔の輪郭が必要になりますが」

エンジニアは、持ってきたノートパソコンとスマホのカメラで、ハメ込み上書き合成のテストをしてみせると言い出した。

脇役で出演していた悪役と真央さんを立たせて「ちょっとそこで芝居してみて」といきなり無茶振りをしてくる。

「では、ベタですが、ありがちなヤツを……」

悪役俳優が真央さんに凄んで見せた。

「ガタガタ言わんと言うこと聞けやワレ！」

真央さんの胸ぐらを摑み、顔を近づけて怒鳴りあげた後、ふっと気を抜いて笑顔になった。

「失礼。こんなもんで?」

「どうも。では、同じ芝居を、こっちで」

と、何故《なぜ》かおれが指名されて、店の壁の緑っぽい色の部分に立たされた。

「じゃあ君、同じ芝居をしてください。あ、先に演技した悪役の方、振り付けてください」

おれは悪役俳優に一挙手一投足を振り付けられた。しかし相手役の真央さんが目の前に居るわけではない。誰も居ない空間に向けておれは胸ぐらを掴む演技をした。

「有り難うございました。戴《いただ》きました。ではこれを合成します。あくまで簡易的なものですがとりあえず『こんな感じ』ということで」

エンジニアはノートパソコンを操作していたが、ものの数分で「出来ました!」と笑みを浮かべた。

見せられた画像は、見事に悪役俳優とおれが入れ替わっている。ぎこちないし悪役俳優の「下絵」がはみ出たりもするが、簡易的にチャッチャッとやっただけで、ここまでのことが出来るとは……まさに驚異だ。

「ということで、主としてデジタル合成技術を駆使して、ジェラール瀧谷を他の俳優にハメ換えて、予定通りの公開に漕ぎ着けます。皆さんのご協力をお願いします！」

　大久保が悲痛かつ悲壮に叫び、黒沢田監督や他のプロデューサーも一緒に頭を下げた。

　こうなっては全員が協力するしかない。満場は拍手で埋まり、この方針に賛成した。

*

「このボケカスアホンダラ！」

　おれの報告を聞いた黒田は激怒した。

「そんなええ加減なハナシ、真に受けて帰ってくるドアホがどこにおんねん！　目の前におるけどもや」

「しかし会長。真央さんが準主役のあの映画を救うには、他に方法はありません！」

「そう言うてもや、ロングショットのジェラールとあんまり顔が違いすぎるのもマズいやないか。せやからなるべくソックリさん、背格好もソックリさん、歌を歌うシーンもあるから歌が上手《うま》いソックリさん、アクションシーンが売りやからアクションも出来るソックリさん、踊るシーンもあるから踊れるソックリさんって、そんな都合のええソックリさん、どこにおんねん！」

怒りのあまり黒田はおれの頭をはたいた。

「いくら真央が出とるから言うて、それは無茶や……これはアレやで。『そんなソックリさん見つかりませんでした』『そうだろうそうだろう。ではリテイクはなかったことに』『公開も無期延期と言うことに』っちゅうグダグダを狙《ねろ》うとるに違いない。どうせアレやろ。製作には保険がかかっとるんやろ？　スポンサーは保険金を受け取れるから損はせん。そういう裏も判らんのか、このボケカス！」

黒田は倒れたおれの腹にケリを入れてきた。

「真央はどないすんねん！　せっかくの銀幕デビューやったのに！」

「だから万能なソックリさんを探します！　何があっても絶対に見つけ出してみせます」

俺は必死で訴えた。

「ドアホ！　歌って踊れてアクションが出けて、おまけに芝居まで上手いイケメンがおるか？　おったら、とうにデビューしてスターになっとるわい！」

あ。

言われてみればたしかにそうだ。

実在するなら話題になっているに違いない。ジェラール似のイケメンとなれば尚《なお》更《さら》だ。

「黒田さん！　そう頭から否定しないでください！　私も飯倉《いいくら》さんと一緒に探します。必死で探します。相手役で共演したから、私が一番よく判ってると思うので」

真央さんがおれを庇《かば》うようにいきなり正座した。と思ったら両手をついて土下座した。

「お願いします！」

「ねークロちゃん。真央ちゃんがここまで言うんだから、一緒に探してあげようよ」

そう言ってくれたのはあや子《こ》さんだ。

「私もそう思います。こうなった以上、マイナス要因ばかりを言っても意味がありません。ソックリさんを探し出してリテイクして、映画が公開出来るように頑張りましょう！」

我が社の頭脳・じゅん子《こ》さんもそう言ってくれた。

「そうか。ワシとしても、真央の映画が公開される方がエエのは当然のことや。しかしやで、そんなうってつけの代役、この世におるんかいな？　例のハリウッド映画かて、元の俳優とは全然別の男が代役に立ったやないか。合成を担当する男は、自分の腕がヘボやからソックリさんに拘《こだわ》っとるんやないいんか？」

「いえ、あの」

おれはゆっくり立ち上がりながら、言った。

「予算がないので、ジェラールが着た衣裳《いしょう》をそのまんま使いたい、靴そのほかの小道具も同じくってことです。カネだけではなく時間もありません。代役探しに手間どれば手間どるほど、残り時間が減っていきます！」

「時限爆弾のカウントダウンかいな」

黒田はよっしゃ判ったと胸をパン！　と叩《たた》いた。

「ワシも協力する。手ヅルを駆使してソックリさんを探したるわ！」


ということで、関係するスタッフ・キャスト総出でジェラール瀧谷のソックリさんを探さなければならなくなった。

製作会社のオフィスがいわば「捜索本部」となって監督たちが陣取り、関係者が見つけてきた代役候補者を次々に面接しては片っ端から落としていく、という段取りだ。

俳優名鑑を見てこちらから会いに行ったり、代役を探していることを知った先方から自薦他薦で会いに来る俳優もいて、おれも真央さんも面接しまくりでヘトヘトになった。

代役は中々見つからない。背格好がジェラール瀧谷と完璧に同じでも、惜しいかな顔がまるで違う、強面《こわもて》の悪役風だったりする。ジェラールはアイドル顔なのでこれは使えない。

或《あ》いは背格好も顔もソックリでこれだ！　と喜んだはいいが、芝居をさせてみると箸にも棒にもかからないケース。セリフを言わせてみると訛《なま》りが抜けないのだ。かと思えば芝居ができて背格好も顔も似ているのに残念かな、アクションがまるでダメ。

もしくはアクションが出来ても音痴。

アクションが出来て歌も歌えるが、なぜかまるで踊れない……。

……などなど、ジェラール瀧谷のカンペキな代役は見つからない。

「こうして見るとジェラールって凄いんだね。現場ではほにゃ～んとしたタダのアイドルにしか見えなかったけど、顔が良くて長身で芝居がある程度出来て、アクシヨンも出来て歌えて踊れるって、実は驚異的なんだねえ」

「そうですね。私、ジェラールさんを改めて尊敬し直しました。だからやっぱり、クスリで捕まってしまうなんて、残念で」

「その分、ストレスとプレッシャーがあったんだろうなあ……アイドルも大変なんだね」

「そうです。自分で言うのもなんですけど、アイドルは大変なんですよ」

憧れの真央さんと二人で過ごす時間が長いので、おれとしては、幸福感がついつい顔に表れてしまう。一方マジメな真央さんはひたすら危機感を募らせ、ジェラール瀧谷の最高の代役を探すことに集中している。

人の色恋には妙に敏感な黒田が、おれのビミョーな気持ちを察知してしまった。

「おどれは何楽しそうな顔さらしてけつかんねん！　代役見つからへんやないか！　このボケカスが！　モノには順番ちゅうもんがあんねん！　まあ、その代わり……」

黒田はいかつい顔をニヤリと歪《ゆが》めた。

「ええ代役を探してきたら、褒美を考えんでもないで」

「そそそその褒美とは?!」

「まあ、それや。真央とつき合《お》うても眼ェ瞑《つぶ》ったる。本来やったらマネージャーが商品に手を出すのんは御法度やけどな」

黒田が真央さんを餌にしようとしているのはミエミエだけど、おれはそれに喜んで引っ掛かることにした。

「本当に、なかなか適任っていないもんですね。黒田会長の言うとおりだなあ。そんな逸材がいればとっくにスターになってますよね」

そんなことを真央さんと話しながら、今日も別の芸能事務所に向かおうとしたとき、おれのスマホに着信があった。

『あ～ボクです。ボクに全然オファーがないんだけど？　どうしちゃったの？』

巴の声だ。

『判ってると思うけど、ボクはイケメンだし芝居ができるし、歌も踊りも大丈夫なんだから、どうしてボクをオーディションに呼ばないんだよ？』

スマホから漏れてくる声に、真央さんは露骨に不快そうな表情を見せている。

『あのさ、リテイクの製作費、足りないみたいだけど、ボクの顔で集めることも出来るンだけど？　親父《おやじ》が一声かければ、いくらでも出資者が集まるよ、財界から』

巴は与党幹事長の息子である立場を露骨にアピールしてきた。

『ボクはジェラールと顔も身長も似てるし、知名度もそこそこあるし、有力候補になって当然じゃない？』

真央さんが嫌な顔をしているので、おれはハイハイと適当な返事をして通話を切った。

数日後。「捜索本部」に、それまでに見つかっためぼしい代役候補が集められて「最終審査」が行われたが、その中には何故か、巴智康その人も混じっていた。

「ボクが絶対に代役に決まる。その時はヨロシクね。ねえねえ、真央ちゃん。撮影前に息を合わせるために二人だけで合宿しない？」

巴は真央さんにスリ寄って、またしてもそんなバカな事を言っている。

ようし。真央さんのマネージャーの名にかけても、コイツを絶対に失格させてやる！

二十四人の代役候補を、監督とカメラマン、チーフ助監督に、そして大久保プロデューサーが面接する。真央さんを相手役に台本の一部を読み合わせ、歌を歌わせ、即興で踊らせ、悪役俳優を相手に殴り合いのアクションをさせ、その模様をすべてビデオに収録する。

巴は、絶対に自分が選ばれると確信しているのか余裕の表情だ。暇さえあれば真央さんを口説いている。おれはムカムカした。

その夜。

監督を中心に、関係者が一堂に会して代役決定会議が開かれた。

「結論から言うと、全員、帯に短し襷《たすき》に長し、だな。すべての条件が揃《そろ》った俳優はいない」

天を仰ぎ絶望の表情の黒沢田監督。

「無理だ。とても公開に漕ぎ着けられない」

「待っとくなはれ！」

どうしても出席したいと言い張ってこの会議室に座っている黒田が、発言を求めた。

「監督はん。言うたらナンやけど、一人で全部賄おうとするからアカンのんと違いますか？　たしかにすべての条件を満たすヤツはおらんかった。時間もない。ほたら、解決策はひとつしかおまへん」

「と、言うと？」

自信満々の黒田を監督は縋《すが》るように見た。

「黒田さん、あなたの案を教えてください」

「ズバリ、パーツの寄せ集め作戦しかおまへんやろ、ここは！」

黒田はドスの利いた声を張り上げた。

「ジェラールが映り込んだ、引き画のカットが使えん場合には、体型がそっくりなコイツ」

黒田は応募書類を監督に投げた。

「そしてアップは、かなり似ているこの人がよろしい。ただし熊本訛りがネックやさかい、セリフはこっちの『声だけソックリさん』がアテレコ。けどこのアテレコマンは音痴なんで、歌は別の、この人。踊りは全員がアカンので、ダンサーのこのヒト。アクションも同じく全滅やよって、剣友会出身のこのヒト」

黒田は応募書類を手裏剣さながら、つるべ打ちで黒沢田監督に飛ばしてゆく。

「でもってやな、パーツごとにぜーんぶ俳優を変えて、それを撮って、編集して合成してまとめてイッチョアガリや！　これしかないでホンマ！」

そして思いついたように付け加えた。

「それとあの巴智康、たらいうヤツだけはやめとけ。この六人の中にも入っとらん。ワシの永年のカンからすると疫病神やで、あれは」

手元に集まった総勢六人の書類を手にした監督は、深く溜息をついた。

「仕方……ないですね。用途用途で使い分けしてパズルを填《は》め込んでいくしかありません」

監督が大久保さんたちと相談して、決定した選考の結果に、しかしおれは驚愕《きょうがく》した。

「少なくともロングショットとアクション、そしてダンスの場面は同一人物である必要があるところから……背格好がジェラールに似ている、巴智康くんに決定します」

なんでだよ？　黒田が選んだ六人にも、巴は入っていなかったじゃないか！

一方巴は喜色満面だ。

「頑張りまっす！」

顔のアップ用には別の俳優・スマイリー沖山《おきやま》が、またセリフ担当は歌も兼任ということで、黒田が選んだミュージカル俳優が起用されることになり、結局、代役三人を使い分けてリテイクが行われることになった。

「ワヤやで。あの巴智康ちゅうタンクタンクローみたいなヤツは、芝居もアクションも踊りもどれもソコソコ……っちゅうことは裏を返せば、何ひとつパッとせんっちゅうことや。そんなヤツを使《つこ》うてどないすんねん！」

黒田も不満たらたらだが、監督が決めたことには反対できない。

こうなった以上、おれは真央さんを守る！

リテイクのスケジュール説明を聞くおれは、固く心に誓った。

作品の出来より真央さんを巴の魔手から守るほうが、今や重要になっていた。

＊

東京郊外にあるスタジオで、リテイクが始まった。

本編《ホンペン》の撮影のほかに、メイキングの撮影班もスタジオ入りしている。

「メイキングは重要なんですよ。こうやってリテイクして合成しましたよ！　っていう証拠になるので……もちろん、撮影の裏側を知りたいファンもいます」

大久保がメイキング製作の意図を説明した。

肝心の本編は……撮影の殆《ほとん》どはグリーンバックでの合成用ショットだ。撮影としては単調で、一つ一つ処理していく感じになってしまう。これで大丈夫なのだろうか？　巴の演技の平凡さを割り引いても、代役が事務的に喋《しゃべ》って事務的に芝居しているとしかおれには見えない。ハッキリ言って少しも面白くない。

「監督、これ、どうなんですか？　上手くいってるんでしょうか？」

撮影の合間に質問したおれに監督は言った。

「これでいいんです。元画《オリジナル》のジェラールも、けっこう淡々とした芝居をしてるのでね、カット単位で派手な芝居をすると、繋《つな》がったときにドタバタになってしまうんだよ」

監督はモニター上で、元画と巴のショット、そして現場で簡易的に合成した画像を逐一、見比べている。それを見せて貰うと、たしかに監督の言うことがもっともな気もするのだが……。

「よし。芝居の部分はこれで何とかなる。台詞《せりふ》回しがド下手《へた》なのも、吹き替え前提だからどうでもいい。問題はアクションと、あとはダンスの場面だな……」

お昼休憩を挟んで、午後にはそのアクションシーンの撮影が始まった。激しい動きのあるカットで、ジェラール瀧谷だけをハメ替えるのは難しい。ロケ場所の背景だけを合成して、アクションそのものは、本物の俳優を使って撮り直すしかない。

午前中は巴の単独カットだったが、午後は真央さんと共演するカットを撮る。巴が何をするか判らないので、くれぐれも注意して欲しいとおれは真央さんに頼んだ。

「大丈夫です。なにかあったら、飯倉さんにすぐに助けを求めるから安心してください」

そう真央さんに言われてニッコリされると、不安な中にも頼られるうれしさで天にも昇る心地《ここち》だ。

まずは、これから撮影するカットの元画を全員で見て、動きを確認したあとに監督の号令がかかった。

「ヨーイ、はいっ！」

悪漢五人に囲まれた巴が、恋人役の真央さんを庇いつつ戦う設定だ。かかってくる悪漢どもに巴が殴る蹴るの暴行を働いている……としかおれには見えないのだが、一応ヒーローなので、悪漢を懲らしめるシーンだ。

だが素人《しろうと》のおれが見てさえ、巴の動きは鈍い。しかも明らかにキレがない。

「カット！　巴君。なんか動きがモッチャリしてるなあ！　元画は七秒なのに十秒も掛かってる。君は三秒分もトロいんだぞ！」

再度、撮影されたが監督のＯＫは出ない。そのままテイク３、４、５、と続けて撮影されて、10まできた。

「ねえ監督、動きがトロいなら、コマ落としをすれば早く見えるじゃないですか？

それで行きましょうよ」

なかなかＯＫが出ないのに痺《しび》れを切らせた巴が口を尖《とが》らせた。

「ダメだ。コマ落としでは動きがチョコマカしてしまう。あくまでも、役者であるキミの動きを速くしてくれ！」

鬼の黒沢田の面目躍如だ。なんと、三時間経《た》っても、このワンカットが撮り終わらない。しかも同じアクションを、カメラの位置を何度も変えては重ね撮りしている。

巴の表情が次第に険しくなった。

「真央ちゃんはいいなあ！　きゃー助けてとか言ってればいいんだから！」

巴は、苛立《いらだ》ちを真央さんにぶつけた。

イライラしているのは監督も同じで「コイツは使えないな」と助監督に漏らしている。

なんで出来ないかなあ、そんなに難しい動きかなあ、とおれが、ＮＧになったアクションをセットの隅で真似《まね》していたら……。

「キミ！　それいいね！　ちょっと来て！」

めざとい監督の目に止まって、おれはカメラの前に引っ張り出されてしまった。

「ほら、今やってた事をやってみて！　ハイスタート！」

わけも判らずおれは、今やったばかりのアクションを繰り返した。途端に監督から狂喜の声が上がった。

「君！　衣裳《いしょう》に着替えて！　今合成してみたら、ピッタリなんだよ！　やってやって！」

「いえあの、おれは連城真央のマネージャーなので……」

「そんなのどうでもいい！　かのバンツマだってエキストラから身を起こしたんだから」

わけの判らないことを言われて急遽、巴が着ていた衣裳に着替えさせられてしまった。

「奇跡だ！　ピッタリじゃないか！」

おれは真央さんのマネージャーとしてオリジナル版の撮影開始からずっと、この映画の現場には貼り付いている。それだけにダンドリや動きのポイントはよく判っていた。だから……。

「君！　凄いよ！　君をアクション部分のメイン吹き替えに決定する！」

あれよあれよと言う間に、おれは即製のアクション俳優にされてしまった。

真央さんを抱きかかえたり真央さんを庇ったり真央さんをおぶったりと、真央さん絡みのショットが山ほどあって、おれは……これで死んでもいい、と思えるほどに幸福だった。

しかし幸福ではないのが、巴だ。

この根性の悪い男は、自分の仕事を奪ったおれに対して敵意を募らせ、露骨な嫌がらせを始めた。

セットの頭上に組まれた二重に上がってライトを落としたり、本番中に奇声を上げたりといった原始的な妨害工作から始まって、休憩時間におれを待ち構えてバケツの水を浴びせるとか廊下にロープを張ってすっ転ばせるとか……およそ幼稚な「報復」を飽きることなく繰り出した。

それでも埒《らち》があかないと見た巴は、ついに監督に直訴した。

「監督！　このままじゃあこのリテイクは全然ダメですよ！　そもそも『顔』はどうするんです？　シーンによってはあのヘタレマネージャーの顔だったり、ボクの顔だったり、顔アップ専用のヤツのカットまであったりで、全部バラバラじゃないですか！」

「だから君、顔は顔専用のスマイリー沖山にハメ換える……」

「だからそれがおかしいと言ってるんです」

巴はあくまでも強引に主張する。

「顔を使うなら、ボクを使ってください！　ボク主演ということにしたら……これは美味《おい》しいですよ。官邸を通せば大量にチケット動員をかけられますし、テレビの番宣だって、ボクのパパから総務省を通じてＮＨＫに指示すれば、それはもう大々的にやれます。いくらでも手配しますけど？」

その言葉には、監督よりもプロデューサーの大久保が揺らいでしまった。

「監督。ここは苦しいところですが、製作費の回収を考えると、巴の提案を受けるしか」

「そうではあるんだが……」

黒沢田監督も考え込んだ。

「すでに撮ってあるスマイリー沖山の顔のアップも全部、自分に置き換えろって言うんだろ……しかし巴の顔じゃあねえ……どうも品がない」

興行のことを考えれば巴の、正確に言えば巴の父親の力に縋りたい。そして時間的にも、あれこれ考えている余裕はない……。

結果的に巴の要求が全部通った。リテイクは、巴の要求に添って続けることになった。要するに、骨の折れるアクション自体はおれがやり、巴は顔だけを撮ってハメ換えるのだ。ジェラール瀧谷をおれにハメ換えて、さらに顔の部分だけを巴に差し替えるという手順だ。

なんとも面倒な話になったが、これもすべて「オトナの事情」だ。

「あの……メイキングにはこういう横車や、オトナの事情もキッチリ入れるんですか？」

腹立ち半分、おれはメイキング班のディレクターに訊いてみた。今のところメイキング班は、これまでの経緯を全部撮影している。

「まさか。こんなゴタゴタ、表沙汰には出来ませんよ。ファンの夢を壊しちゃう。ここはあくまでも、巴サンの魅力を見いだした監督が『この人だ！』と叫ぶ筋書きにしないと」

そんなものですか。

まあ、そんなものなんだろうなあ……。

おれは割り切れない思いで、アクション場面の吹き替えを続けた。時には高さ五メートルの台の上から飛び降りたり、緑色の水を張ったプールに飛び込んだり、全身に弾着を仕込まれて蜂の巣状態に撃たれたり……。

真央さんと共演している時だけは、そのツラさも忘れた。真央さんの姿を目の前にし、その声を聞き、演技とはいえ彼女の躰《からだ》に触れると……ふつふつと生きる喜びが湧いてくる。

出番がない時の真央さんはスタジオの隅で休憩している。そんな時、同じく出番がない巴がやってきて、真央さんにしつこく話しかけている姿を目にすると、おれは怒りで目の前が真っ赤になった。だが何も言えない。

三日間スタジオに籠り、言われるままに肉体を駆使して殴られ蹴られ上から落とされ……そんな苛酷なアクションを演じ続けた、最終日。

機材トラブルが起きて急遽休憩になった。スタジオの隅を見ると……そこが定位置になっている真央さんがいない。しかも……巴の野郎までがいない。

胸騒ぎがした。あの腐れ外道が言葉巧みに真央さんを誘い出したのか？　いや、巴の言葉に誘い出されるほど真央さんはヤワでもないし馬鹿でもない。言うことを聞くとすれば、それは巴の脅迫に屈した場合だけだ。

おれはスタジオから出て、二人がいそうな場所を焦って探した。

出演者控え室にカフェテリア、会議室……思いつくところはすべて廻《まわ》ってみたが、ふたりの姿は、ない。

おれはほとんどパニックになった。

駐車場には、巴が乗っている高級外車が駐《と》まったまま……ということは、外には行っていないのか。

もう一度スタジオ内を探す。ここは大きな撮影所ではなくて、ＣＭなどの簡単な撮影に使う小さなスタジオだ。人目につかない場所だってそう多くはないはず……と思ったら、果たして。

機材倉庫の扉が少し開いていた。隙間から覗《のぞ》くと……何やら蠢《うごめ》く人の姿があった。耳を澄ましてみると、男の声で何やら搔《か》き口説いている様子だ。

「ねえきみ、ボクと付き合って損はないと思うぜ？　ボクが頼めば、きみ主演の映画くらい何本でも撮れる」

「そんなにお金があるなら、どうしてあなた自身の映画を撮らないの？　巴さん」

む。あの声は、真央さん。

おれは忍び足で扉の隙間から機材倉庫の中に入り、物陰からふたりの様子を探った。

クソ男はなんと、機材を載せた棚と棚の間に真央さんを追い詰めて、無理やり肩を押さえつけている。これはもう、口説いているという甘い雰囲気ではなく、明らかな強要だ。いや、脅迫とさえ言える。

「ボク自身の映画を撮らないのは……それをやると、慎みがないと思われるのがイヤだからなのさ。だけど真央ちゃん主演でボクが脇に廻れば……だから、いいだろ」

巴は大胆にも真央さんに抱きついて胸を揉《も》み、首筋にキスをした。真央さんの衣裳は薄いTシャツに太腿《ふともも》を露出したショートパンツ姿……という事は、すぐに裸にされてしまう。

「ダメでしょう。巴さんには彼女がいるじゃないですか！」

「えっ？　だってタダの彼女だよ。結婚してないんだよ？」

「そうね、巴さんはイケメンだしお金持ちだから寄ってくる女《ひと》は多いわよね」

「多いね。けど、そういうのはすぐ判る。だけど君は違う。全然なびかない。男って、なびかない女に惹《ひ》かれるんだぜ……」

巴はそう言いつつ真央さんのTシャツをたくし上げ、ブラを巧みに外してしまった。

真央さんの美しい双丘が、ぷりんと現れた。その先端を、許せないことにクソ男が遠慮なく吸い始めたではないか！

「おっ……おのれ巴！」

おれは逆上した。手にナイフがあったらクソ男の背中をブスリと刺したかもしれない。

やきもきする間にも、巴は空いた手を真央さんの下半身に伸ばしている。ショートパンツのジッパーを降ろして、これまた巧みに下半身を露《あら》わにしてしまった。

真央さんを守るのは、もはや、薄いパンティが一枚だけ！

パンティの中に入り込もうとする巴の指が、じりじりと動く。それはまるで獲物を捕らえようとするタランチュラのようだ。

「いやです……止《や》めてください」

「いいじゃん。君も、ボクの……巴ガールズに入ればさあ、いい思いできるのに」

「巴ガールズの人たちって、そんなにいい思いをしてるんですか？」

「してるさ！　次のクールのドラマの主演が決まった子に、CDデビューが決まった子に」

と誇らしげに言うわりには、大したことが無い。深夜一時からの、しかもローカル局のドラマでは、イマドキＹｏｕＴｕｂｅｒにも負ける。CDだって今は売れないし……。

「いいです。私、自分で頑張りますから」

「そう言うなよ真央ちゃん。今日、仕事が終わったら美味しいもの食べに行こう。横浜の中華街に行って、ニューグランドの港の見える部屋とか、どう?」

若いクセして相変わらずおじさんの発想だ。

そう言いつつ、指は確実に真央さんの下着の中に潜り込んで、秘部を蹂躙《じゅうりん》し始めた。

「だから、止めてくださいっ!」

「今さら止められないよ……ほら、こんなになってるんだぜ。なんとかしてくれよ」

巴は真央さんの手を強引につかみ、ジーンズ越しとは言え、なんと、自分の愚息に無理やり宛《あ》てがっているではないか!

真央さんは観念してしまったようだ。

下半身からも最後の障害物が取り除かれて、機材倉庫で彼女は全裸にされてしまった。

「じゃあ……いくよ」

巴がジーンズからイチモツを取り出し、真央さんに突きつけようとした、まさにその時。

機材を載せた棚が、ぐらりと傾いた。

おれが前のめりになって真央さんたちをガン見するあまり、棚に体重をかけすぎていた……それがいけなかった。

棚には撮影用照明の、巨大なライト部分がズラリと並んでいた。それはひとつひとつが重い、鉄の塊だ。

「うわわ～っ！」

棚が傾き、巨大なライトがごろごろごろごろごろと、立て続けに巴の上に落下してゆく。

「真央さん！　危ないっ」

おれは夢中で駆け寄り、真央さんを思いっ切り突き飛ばした。

「ありがとう……飯倉さん」

真央さんは無事だった。しかし棚が巴を直撃し、クソ男の頭にも背中にも重い照明器具が次々に落下して、強姦《ごうかん》野郎は失神していた。

巴は病院送りになったが、映画のリテイクは終了していたので、そのまま合成と編集作業に移った。

巴の入院以外、いやクソ男の入院も含めて、何もかもがうまく行きそうに思えた。

ところが……。


「中止中止！　作業中止だ！」

怒りで顔を真っ赤にした大久保プロデューサーが編集室に飛び込んできた。ポストプロダクションの陣中見舞いに、おれと真央さんが居合わせた、まさにそのタイミングだった。

「ちょっと、静かにしてくださいよ！」

黒沢田監督は怒った。ジェラール瀧谷と巴智康、両人の画像の緻密なハメ換え合成をしつつ再編集という、きわめて細かな神経を使う現場だ。こんな大声は怒られて当然だ。

「いやいやそれどころじゃないんだ。これを見て欲しい」

参った、とげっそりしつつ大久保さんが差し出したのは、週刊文鳥のゲラ刷りだ。

『新進俳優 巴智康に反社&レイプの過去！』

という大見出しが躍っている。

「アイツ、半グレのパーティに頻繁に出入りしていて、振り込め詐欺グループのリーダーとはマブダチ。知り合いの芸能人を反社の連中に紹介したり、おまけにファンの女性数人をレイプまでしていて……」

三年前の事件だと言うのだが……。

「それ、完全にアウトでしょ。しかしどうしてそれが今ごろ明るみに？」

監督は訝《いぶか》った。今にして思えば、巴はヤメロと言い張った黒田の、動物的カンは冴《さ》え渡っていたのだ。

「事件自体は警察の知るところとなり、三年前に逮捕状も出た。ところが与党幹事長である父親が奔走して、官邸にいる警察官僚を使って逮捕状を差し止めさせた。マスコミ報道も全部抑え、レイプ被害者とは示談。全部が『なかったこと』にされた。報道されなかったので、事件を知る人もほとんどいなかった。しかし、ずっと鳴かず飛ばずだった巴が、ジェラール瀧谷の代役として話題になったので、遅ればせながら事件が発掘された……そういうことなんだろう」

大久保さんは絶望の表情で叫んだ。

「代役までがアウトって、どういうことだよ！」

「だからウチの黒田が反対したんですよ」

「あーあー判りましたよ。君んとこの黒田さんは凄いよ。どうせ目先のカネに眼が眩《くら》んでしまったおれが悪いんだよ！」

逆ギレした大久保さんは、今にも首を括《くく》りそうな勢いで嘆いた。

「しかしひどいな。逮捕状を差し止めさせた警視庁出身の高級官僚はレイプに関して『強要があったとは認められない以上、罪にはならない』って判断だったと。これはもう上級国民への配慮以外のナニモノでもないな。被害者も、示談金として札びらで顔をひっぱたかれた気分だったんだろうな」

監督の嘆きにおれも言わずにはいられない。

「あいつは……巴はそういうヤツです。親の威光を笠《かさ》に着て、自分には何でも許されると思っているんです。真央さんに対するセクハラだって、ひどかったんですよ！　ずっと黙ってましたけど」

真央さんも怒りを隠さない。

「あんな人と共演をしたという事実が残るのは絶対にイヤです。こうなった以上、私の役も、誰かに差し替えてもらえませんか？」

とんでもないことを言い出した。

「いやいや、ちょっと待ってよ！　真央ちゃんまでそんなこと言い出すの？」

大久保さんは悲鳴をあげ、髪をかきむしった。血の気が引いたその顔は、一気に二十歳ほども老け込んだように見える。

そして事態は悪化した。与党幹事長に忖度《そんたく》してか、巴の悪事を電波に載せるテレビ番組は皆無、大手新聞も一切後追い報道をせず、無視を決め込んでいることに我々がホッとしたのも束《つか》の間《ま》、ツイッターに火が点《つ》いてしまったのだ。

「強姦野郎死ね！」「反社レイプ男主演の映画なんざ見たくもねえよ！」「目が腐る」「ヤク中を消したと思ったら今度はレイパーかよ！」「呪われてんなこの映画」などなどの暴言で埋め尽くされた画面に、おれたちは目の前が真っ暗になった。

我が「ブラックフィールド芸能エージェンシー」の面々も急遽、編集室に駆けつけた。いつもハブられている社長の室町《むろまち》も、みんなにくっついてやってきた。

「聞いてください。これ以外はない、と断言できる名案があります！」

開口一番、決死の面持ちで切り出したのはじゅん子さんだ。

「そもそも、不祥事を起こした出演者のシーンをカットすることが法律で求められているわけではありません。あくまでも自主規制です。その理由も『世間が許さないから』以上のものではないのです。世間の反撥《はんぱつ》が怖いので、私たちは代役を起用してハメ換え合成を実行しました。ところがその代役が、今度は強姦魔・反社会的勢力お友達男だったことが露見してしまい、ネットでは大炎上状態です。今のまま巴サンの代役主演でこの映画を公開したらどうなりますか？　逮捕すらされていないのだからお咎《とが》めナシ、では世間は通りません。否、上級国民だから逮捕されなかっただけ、絶対に許せない、とバッシングはさらに過熱するでしょう」

それが証拠に、とじゅん子さんはタブレットを見せる。

「さまざまな女性団体やＮＰＯが、巴主演のこの映画にデモをかけると予告しています」

その通りです、と室町社長もノートパソコンの画面を掲げてみせた。

「これはダークウェブの画面ですが、本邦一過激な女性団体『フェミ・ザ・ボールクラッシャーズ』が上映館に爆破予告をしようと謀議を重ねています」

あや子さんが目を輝かせて身を乗り出した。

「知ってるよ！　ボールクラッシャーズって男性が女性にしてきたのと同じことをしてやる、って人たちだよね。ネットで『春の金玉潰し祭』とかやってた」

おれは思わず股間を押さえてしまったが、見れば黒田も、大久保さんも黒沢田監督も同じことをしている。男にとって、キンタマ潰しが如何《いか》に恐怖であることか！

「いやいや、『そもそも論』は結構です。アンチの怖さはよく判っています」

大久保は蒼《あお》い顔でそう言った。

「だからこそ、これだけ困ってるわけで」

「だからね、こうなった以上、解決策は一つしか無いんですよ。アナタには名案があるらしいけど、監督としての私の案は」

黒沢田は重々しく、言った。

「既に撮ってある『顔だけハメ換え用』のショットを活用して、ジェラール瀧谷も巴智康も本編からは削除。しかるのちに、ダークホースというかいわばジョーカーの『顔だけ役者』スマイリー沖山、そして『顔以外』の飯倉くんの姿を前面に出すしかないでしょう」

「いやいや……それが出来ればやってますって。スマイリーの顔だけ合成って……どれだけ頑張ってもハメ換え感は逃れられないし、違和感が出ます。だからこそパーツ別の俳優を探して苦労したんじゃないですか！」

大久保さんの主張も「そもそも論」でしかない。

「いえいえ、だからですね、私の案を聞いてください」

じゅん子さんがそこで語った大胆極まりない提案に、大久保さんも監督も、眼を丸くして驚いた。

「いやそれは……いくらなんでも」

「しかしそれは……もしかしてアリかな？」

半信半疑、だがワラにも縋りたい表情の監督とプロデューサーに、じゅん子さんは胸を張って大きく頷いた。

「アリです！　もうこれしかないんです！」

じゅん子さんが断言しても、編集室には重い空気が漂ったままだ。

「監督！　エエ加減ハラくくらんかい！　こうなったらもう、じゅん子が言う手ぇしかないで！」

しんがりとして満を持した黒田が野太い声で引導を渡し、監督の躊躇《ちゅうちょ》をねじ伏せた。

「いやあしかし……」

「腐れ外道の巴で撮り直したバージョンはお蔵入りや。そして、あくまでも、あくまでもや。公開するのは『巴以外』の代役を立てて、代役を使《つこ》うて撮ったバージョンや……ということにする！　な？　これしかないデ！」

黒田はニヤリと笑い、じゅん子さんもあや子さんも真剣な表情で頷いた。

そして……ついに、リテイク版の完成披露試写会の日がやってきた。

デモをかけられることもなく平穏に、試写会場のホールにはファンが三々五々集まり、監督とプロデューサーの簡単な挨拶があった。

「いろいろありましたが、やっと完成しました！　みなさんにご満足戴ければ、これに勝る喜びはありません！」

撮影中は鬼のように怖《おそ》ろしい黒沢田監督も、ここは謙虚に深々と頭を下げ……上映が始まった。

その出来映えと完成度の高さには上映中、何度も感嘆の声があがった。そしてエンドロールが消えた瞬間、会場は嵐のような拍手に包まれた。

「とても代役とは思えない！」

「どうやって撮ったんですか？」

「こんなにそっくりな、瀧谷のソックリさんがいるなんて！」

「ジェラールでもないし巴でもないとしたら、あの代役は誰です？　ＣＧですか？」

しかしネットでは試写終了直後から「ある噂《うわさ》」が広まり始めていた。

「あのアクションシーンの脳天かかと落とし、あそこまで脚が上がるのは、日本ではジェラールだけだよ？　あたしには判る。だってファンだもの」

「たしかに。あの歌声と、ダンスのキレもジェラールそのものだよな」

「あれ、絶対に本人だよ、代役じゃないよ」

「代役って、建前だけなんじゃないの？」

「そうだ。あれは、ジェラール本人に間違いない！」

映画の完成度の高さ、そして「代役オレオレ詐欺」ではないかという疑惑がネット民たちの好奇心に火をつけた。すぐに検証サイトが作られ、そこへのコメントもあっと言う間に十万件を超えた。検証目的のリピーターが何回も映画館に通い、それもあってか、映画は信じられないほどの大ヒットになってしまったのだった。

「いいえ、あれはジェラールではございません！　あくまで、あくまでも、アレは代役でございます！」

大久保も黒沢田も、そう言い張るばかりなのだが……。

あくまでも代役を起用してリテイクしたという、その証拠として「メイキング」が発売された。メイキング映像には巴の代演、そして顔は別の役者・スマイリー沖山を起用して再撮影したとされる、一部始終が記録されている。

ところが。

編集段階でカットされた未公開映像が、なぜかネットに流出した。

そこには巴が撮影中に見せた傍若無人っぷりが、余すところなく映し出されていたのだ。

おおいに悪態をつき、「ヤレねえ」「かったしい」を連発し、監督からNGを数え切れないくらいに食らったあげく「てめぇ何サマのつもりだよ！」と逆ギレする巴。果ては「顔のハメ替えなんか必要ないんだよ！　ボクのパパがチケットを売ってヒットさせるんだから、ボクの主演で全部撮り直してよ！」としつこく強要する姿までが、きっちり収録されていたのだ。

果たしてネットではその流出映像が大拡散し、大炎上することになった。

「パパが上級国民だからって調子乗ってんじゃねえぞオラ！」

「こいつこそ何サマ？」

これだけでも巴の評価は地に落ちたのだが、さらに流出映像の「第二弾」がリリースされ、事態は決定的になった。

第二弾には、例の機材倉庫での真央さんに対するレイプ未遂を含む、度重なるセクハラ行為が記録されていたのだ！

もちろん機材倉庫の現場を撮ったのはおれではない。誰が撮ったのか判らないけど、とにかくその映像は広まって、巴の名前も姿も、芸能界から消えた。まさに完全にアウト、再起不能というやつである。

＊

しばらくして騒ぎが落ち着いた頃。

「飯倉くん」

妙に改まった声を出したじゅん子さんから、おれは一冊の預金通帳を渡された。

見ると名義はおれ、飯倉良一《りょういち》になっている。

「開けてみて」

「さっさと開けてみんかい！」

黒田と、あや子さんがニヤニヤしている。

室町社長だけは怪訝な顔をして首を傾《かし》げているが……。

言われるままに通帳を開けると、そこには……見た事もないような桁の数字が記帳されていた。

「こ、こんな大金……なんですかこれ？　一体、なんの裏金ですか？」

　まあそう思われても仕方ないわね、とじゅん子さんはにっこり笑った。

「実は、飯倉くんのために、会長には内緒で、今まで積み立てておいたの。これは五年分の、あなたが受け取って当然の報酬なのよ」

　ブラックフィールド探偵社、改めブラックフィールド旅行社、改めブラックフィールド芸能エージェンシーは、な、なんと、結果的には全然ブラックではなかったというのか！

　これは……絶対良くないことが起きる。これは伏線だ。おれをぬか喜びさせておいて、一気に落として絶望の沼に放り込む。それがこれまでの黒田のやり口だったじゃないか！

「あの、これ、外貨預金だったりして？　単位がウォンとかジンバブエドルだったりして？」

「日本円です！　まあ、時給に換算すると威張れる数字じゃないんだけどね」

　そう言ったじゅん子さんは、改まった表情になり、丁寧におれに頭を下げた。

「飯倉くん。長い間、ほんとうに良く働いてくれてありがとう」

「わしからも礼を言う。ごくろはんやったな」

おれは、生まれて初めて黒田が頭を下げるのを見た。自分の目が信じられない。

「えっ！　そんな……まるでお別れの挨拶みたいな」

「そう。実はお別れなの。私は新天地を求めてニカラグアに渡ります。黒田会長とあや子さんは、この会社を室町君に譲って、二人で錦糸町《きんしちょう》にスナックを開店するそうよ」

「え？　ええ？　えええ？」

完全に寝耳に水だ。そんなこと、まったく聞いてないぞ！

「あのな、わしらはあの映画の大ヒットで、けっこうな利益配分を受けたんや。実は真央を出演させる条件で製作費を出資しとったんでな、そのバックがドン、と来よったんや」

黒田は得意げに言った。会社設立以来初めての、高額の利益を手にしたらしい。

「そろそろワシも、あや子とのんびりしたい。アホな客相手に酒でも飲んで暮らしたいんや」

あや子さんも頷いた。

「というわけでお別れだよ。スナックの出物も見つけてあるんだ。錦糸町か赤羽《あかばね》かで迷ったんだけどね……飯倉くんも遊びにきてね！　ホント楽しかったよ、いろいろと」

自分でも意外だったのだけど、おれの目から涙がハラハラと零《こぼ》れ落ちていた。これで終わりとなると……辛《つら》いことも多かったけど、いろんなことがありすぎたけど……今となっては、何もかもが懐かしい。

「んで飯倉、お前はどないするんや？　実家に帰るか？　それともココに残るか？なんやったら、スナックで雇うてやってもエエんやで」

「お断りします！」

おれの口からは反射的にこの言葉が出た。幾らバカでも、同じワナに二度かかるカモは居ない。

通帳の金額を見たおれの心には、ある決心が芽生えていたのだ。


数年後。

おれは、「イイクラ・エンターテインメント」という名の芸能事務所の社長になり、連城真央さんは筆頭の所属タレント……兼、おれの奥さんになっていた。

女性アイドルは結婚してしまったらアウトだが、真央さんはもう女優、しかも演技派だ。おれたちの関係がバレても問題はない。女優とマネージャーであり妻と夫、そして母親と父親でもあるのだから。

「社長、じゃなくて、あなた。愛子《あいこ》の保育園のお迎えには、きょうはあなたが行ってくださいね。私は新作映画の、製作発表記者会見があるから」

「判ってるよ、ダーリン」

おれはあの日、じゅん子さんから通帳を受け取って、一世一代の覚悟と度胸を決めたのだ。

それは真央さんへのプロポーズだった。

生まれてこの方、カスみたいな人生だったけれど、こういう絵に描いたような、朝ドラの最終回みたいなラストが待っているとは、おれ自身予想もしていなかった。

……いやいや、人生長いから、これからどうなるか判ったものではないけれど。

おれは愛する娘・愛子を保育園に預けてから秋葉原《あきはばら》のオフィスに寄った。いまや部下となった室町君から今日の予定を確認すると、マスコミ各社に猛然と電話連絡を始めた。

今日、真央さんが記者会見する新作映画は、永い間の謹慎が解けた、あの俳優の復帰第一作だった……。

初出

第一話　バーチャルアイドル「ミキ18」　Webジェイ・ノベル二〇一九年二月五日配信

第二話　失言アイドル「ラムサール寧々」　Webジェイ・ノベル二〇一九年三月十二日配信

第三話　不動のセンター「連城真央」　Webジェイ・ノベル二〇一九年四月二十三日配信

第四話　「生徒会執行部」、沖縄へ！　Webジェイ・ノベル二〇一九年七月二日配信

第五話　「ジェラール瀧谷」の代役騒動　書き下ろし

本作品はフィクションです。実在する個人および団体とは一切関係がありません。（編集部）

実業之日本社文庫　最新刊

睦月影郎
美女アスリート淫ら合宿
童貞の藤夫は、女子大新体操部の合宿に雑用係として参加する。美熟女コーチ、４人の美女部員、賄い係の巨乳主婦との夢のような日々が待っていた！
む211

木宮条太郎
水族館ガール6
派手なジャンプばかりがイルカライブじゃない──アクアパークのイルカ・ルンのおなかに小さな命が。出産に向けて前代未聞のプロジェクトが始まった！
も46

山本幸久
あっぱれアヒルバス
外国人向けオタクツアーのガイドを担当したデコ。しかし最悪の通訳ガイド・本多のおかげでトラブルが続発で大騒動に…!? 笑いと感動を運ぶお仕事小説。
や23

吉田雄亮
草同心江戸鏡
長屋の浪人にして免許皆伝の優男、裏の顔は!? 浅草は浅草寺に近い蛇骨長屋に住む草同心・秋月半九郎が江戸の悪を斬る！　書下ろし時代人情サスペンス。
よ54

浅田次郎、火坂雅志ほか／末國善己編
動乱！　江戸城
泰平の世と言われた江戸250年。宿命を背負って困難と立ちむかった人々の生きざまを、浅田次郎、火坂雅志ほか豪華作家陣が描く傑作歴史・時代小説集。
ん29

筒井康隆 原作
筒井漫画瀆本　壱
日本文学界の鬼才・筒井康隆の作品を、17名の漫画家が衝撃コミカライズ！　SF、スラップスティック、不条理……予測不能のツツイ世界!!（解説・藤田直哉）
ん73

実業之日本社文庫 あ85

悪徳《ブラック》探《たん》偵《てい》　ドッキリしたいの

2019年8月15日　初版第1刷発行

著　者　安達《あだち》 瑶《よう》

発行者　岩野裕一
発行所　株式会社実業之日本社
〒107-0062　東京都港区南青山5-4-30
CoSTUME NATIONAL Aoyama Complex 2F
電話［編集］03(6809)0473［販売］03(6809)0495
ホームページ　http://www.j-n.co.jp/
DTP　ラッシュ
印刷所　大日本印刷株式会社
製本所　大日本印刷株式会社

フォーマットデザイン　鈴木正道(Suzuki Design)

ISBN978-4-408-55493-8（第二文芸）